明朝散髮弄扁舟

www.cosmosbooks.com.hk

書　　名　明朝散髮弄扁舟
作　　者　蔡　瀾
封面及內文插畫　蘇美璐
責任編輯　吳惠芬
美術編輯　郭志民
出　　版　天地圖書有限公司
香港黃竹坑道46號
新興工業大廈11樓（總寫字樓）
電話：2528 3671　傳真：2865 2609
香港灣仔莊士敦道30號地庫（門市部）
電話：2865 0708　傳真：2861 1541

印　　刷　亨泰印刷有限公司
香港柴灣利眾街德景工業大廈10字樓
電話：2896 3687　傳真：2558 1902

發　　行　聯合新零售（香港）有限公司
香港新界荃灣德士古道220-248號荃灣工業中心16樓
電話：2150 2100　傳真：2407 3062

初版日期　2022年7月

ISBN 978-988-8550-35-7

目錄

君子國

大姐大哥

花花世界

單獨旅行

單獨旅行

劉健威在社交平台上說，瘟疫令他不能旅行，悶得發慌。我想不少香港人也有同感，我自己當然也希望早日出門。去哪裏呢？他說去日本，我也想過，不過之前我還是先到馬來西亞。

答應過那邊的讀者們要去搞書法展的，以為乘榴槤的季節可以吃個飽，但已接近尾聲——即使馬上出發，也沒剩下多少，不過不要緊，當今種植技術越來越進步，也一定可以找到一些來吃，等書法展能開得成時，再大擦一餐吧。

就算一個也吃不到，還有福建炒麵、還有河魚、還有沙嗲及肉骨茶，這趟行程不會讓人失望，約上幾位朋友，疫情一穩定，馬上飛去。

我還想到幾個地方，其中之一是布吉島，為甚麼要選它？皆因我有一位老同事謝國昌，本來已經移民到愛爾蘭了，最近被他的朋友請到那邊去，在島上賣渡假屋。他已經去了好幾個月，把一切都搞得很熟，由他帶路一定錯不了。

先講按摩吧，曼谷清邁都有，何必跑到布吉島？其實按摩這回事哪裏最好，完全説不定的，熟了就好，有當地人安排，就錯不了！由友人推薦幾個當地最好的，天天做，從早上做到晚上，飯也在按摩院裏面吃了，或叫外賣，總之不出來就是。

布吉島上有許多好酒店，安縵也是由那邊開始的，可以去住他們最早那家。至於吃的方面，當今我已經沒有年輕時那麼奄尖，在那邊吃泰國菜，總會正宗過九龍城的泰國餐廳吧？

我最近想吃泰國的Ba Mee Haeng乾撈麵，想得快發瘋，這回一定要吃個夠本，一天三餐吃同樣的，也不厭倦。

陽光沙灘不去也罷，我小時候到過的，那種白沙，踏上去就像走在地毯上，當今幾乎已經絕跡，再找也找不回來了，去游泳池中泡泡算數。

還是談吃吧，他們的青木瓜沙律Som Tam，要加一隻鹹螃蜞才算正宗，當今大家怕怕，已不敢下螃蜞，味道盡失。還要那好吃得要命的紫色醬，用來蘸魚，百食不厭，在別處已經吃不到，因為不加那隻桂花蟬了，一不加，就好像沒有了靈魂，那種蟬味，不試過永遠無法了解它的美妙。

聽謝國昌說島上還有多家唐人餐廳，他們做的烤乳豬不會走樣，皮比餅乾還要脆，一個人吃一隻，那才叫過癮。

還是多來些潮州小吃。潮州人做的魚生，是用脆肉鯇魚，一條魚用

刀切成兩大片，掛起來風乾，肉更入味，再快刀把肉片薄，如果有小刺沒有清除，也可以連骨切斷，不會刺喉。

配上中國芹菜、老菜脯絲、新鮮蘿蔔絲等等，淋上梅醬，真是令人絕倒。也許有人還是怕怕，但到了泰國，一切按照古法處理，包管沒事，吃了不會拉肚子的。

到菜市場走一圈，買鯰魚的魚子，一顆顆有如青豆那麼大，吃進嘴裏一咬，「啵！」的一聲爆開，那種鮮美，無法用文字形容。

想起泰國還有一種菌類，魚蛋那麼大，埋在土中，要經熟練的當地人才能找到，比甚麼黑松露白松露更香，據說近年來沒有人會吃，也少了人去尋找，如果能去得成，一定要預先請專家們挖好，到時享用一番。

炸豬皮是隨街都有了，即刻炸起比炸好了擺久的香脆百倍。就那麼吃也許太過單調，那邊的人和糯米飯一起吃，但糯米飯太過飽肚，還是免了，要吃飯的話就來幾條竹筒飯，請小販烤久一點，片開竹筒後裏面還有飯焦的最美味。

街邊還有生豬肉，別人一聽就跑開，我卻最愛吃。那是把肉和皮切碎了，用米醋來殺菌，之後做成香腸，裏面還藏有一顆深水炸彈，那是小指天椒，辣得甚麼細菌都能殺死。我總是老話一句，只要當地人吃了沒事。我也沒事，我的胃和他們的一樣，是鐵打的。

有一種東西在當地已經沒有了，那就是土產威士忌，一定要用湄公牌才好喝，這家人已經停產，我家還有幾瓶大的，帶一瓶到布吉島去。用椰青水溝湄公牌威士忌，是我發明的雞尾酒，因為其他威士忌喝老的，湄公牌是喝新出廠的，越新越好，溝起帶甜的椰青水，我命名為「湄公河少女」，是天下最美味的雞尾酒。

下酒的有炸蚱蜢、炸螞蟻蛋等，比甚麼花生爆谷還要好百倍。
我這種吃法已經沒人敢奉陪，到時還是獨自出發吧！

從雙耳流出來

困在家裏，甚麼地方都到不了，就算最近的澳門，去一下隔離十四天，回來又要十四天，白白地浪費將近一個月，值得嗎？

想去的國家太多了，既然出不了門，惟有作夢時走一走，算是名副其實的夢遊了。

BBC有個節目，所到之處都是大家熟悉的，但全部是一般旅客不知道的地方，剛好我都住過，看起來十分親切。

前後介紹過巴塞隆拿，這是我三十多年前拍《快餐車》時住過一年的都市，後來也經過三四次，但遊客太多，又時有吉普賽青少年搶劫事件發生，已失去了興趣。不過怎麼也好，等可以旅行時也一定要重遊，

最好得到二〇二六年聖家堂完成時去看看，這是多年來的心願。

高地的建築在一八八二年開始動工，一直沒有停過，我去時一切還沒有上過顏色，遊客對它也不太注意，我就住在附近，一有空都把頭鑽進去研究，對它的一草一木都感興趣。

當年還結識了一個年輕的雕刻家叫Etsuro Sotoo，每天辛辛苦苦地刻石，他說只要能為教堂獻上一分力量，就是一生最大的滿足。

巴塞隆拿冬天冷起來也相當厲害，我看他衣服單薄，凍得全身發抖，在我拍完戲離開時把所有禦寒的衣着都送了給他，當今他已成了名人，不知會不會記得？教堂完成時他人一定在，也想找他坐下來聊聊天。

另外到過阿姆斯特丹，我雖然沒有長期住過，但每年一有機會就去拜訪丁雄泉先生，在他的畫室中向他學上色彩的運用，在他的廚房中包葱油包子吃，度過很幸福的懶洋洋的下午。

丁先生最喜歡的一棵大樹就在他家附近，我們常常散步去看它，他說：「這麼一棵樹，養活了幾百萬塊的葉子，你不覺得自然的偉大嗎？」

丁先生逝世後，我沒有理由再去阿姆斯特丹，但這棵大樹，總希望有一天再去看看。

近來在夢中也常見前南斯拉夫的首都，當今國家名稱已改成克羅地亞，但城市依舊。在夢中出現的，是從前住的旅館中走出來的那條街道，走呀走呀，經過街角的一個小聖母像，大家都在那裏點一枝蠟燭，如果再去，也一定會去點一枝。

當然也不會忘記那邊的羊肉。在野外架上個鐵架，鐵架兩頭裝有風車，把整隻羊架上，下面燃燒稻草，風一吹來就旋轉着羊，讓它慢慢地烤，熟後，拿到廚房亂斬，一手抓羊，一手抓一個洋葱，撒上鹽，就那麼一口口吃，其他甚麼調味品都不加，是我一生人吃過最好的羊肉。

最近有位好心的網友，把我以前拍過的旅遊節目都放在網上，其中有我在法國鄉下吃的櫻桃。那是一串串、紫色的果實，紫得很深，近乎全黑，但那是天下最甜的，如果能夠再去一趟，也會去嘗嘗。

新朋友之中，有位Gianni Caprioli，他經營的餐廳GIA和意大利食品店也是我最喜歡去的，有機會去意大利的話和他結伴，隨他去拜訪他入貨的商家，一定吃到好東西。

有時候，舊朋友反而沒有再見的衝動，大家都老了，有點氣餒，見到的你可憐我，我同情你，不知道要說些甚麼才好。但話這麼說，還是想見的，剛剛接到韓國徒弟阿里巴巴的問候，我當然想和他一起去吃醬油蟹、烤鰻魚和所有我喜愛的韓國老味道。

還夢到吃雪糕，我這個雪糕癡已學會自己做了，日本北海道牛奶造的軟雪糕可以吃到拉肚子為止。意大利的冰淇淋也百食不厭，他們説要原汁原味，原味的話，當然是甜，甜死人也，才夠味，我一點也不怕，怕的是清淡到淡出鳥來的雪糕，不如不吃。

巴黎的Berthillon雪糕好在種類夠多，可以叫一個所有味道都齊全的，至今有三十多個球，吃不完也要來一客。越南胡志明市的Fanny也有此等風味，他們還有獨特的人參果雪糕，所謂人參果，是一種南洋水果，褐色，很甜，是我小時最愛吃的水果之一。吃呀吃，吃到雪糕從兩邊耳朵流出來，這是西班牙人描述過癮的手勢。

還有烤乳豬，葡萄牙有一個小鎮，所有餐廳都是賣這種美食，如果你要我選中國烤乳豬和葡萄牙的，我還是會選後者，它的竅門在於把豬油塗滿豬的內側再拿去烤，這一點是中國烤豬做不出來的味道。

一提到葡萄牙當然還想到他們的砵酒，最老的砵酒在那邊喝也不是甚麼大事，價錢又便宜得令人發笑，買一個當地蜜瓜，把砵酒倒在裏面又吃又喝，是天衣無縫的配搭。去時選沙甸魚的季節，當沙甸魚肥時，是天下最美的味道，這時又得做西班牙人的手勢，從雙耳流出來。

串流天下

what's up folks!
let's watch .....
Harry Bosch
Heidi B
Midg
You Gotta be kidding
Billy McBride
Phoebe

電影火鳳凰

在一般觀眾眼中，《摩登情愛 Modern Love》只是一部清新的愛情片集，由亞馬遜的串流平台Prime Video播出，早前在網路平台上點擊率極高，絕對是不可忽視的小製作。

我看到一個革命性的創舉，如果香港電影能走上這條路，將是一條光明大道，令已經死去的香港電影重浴火燄，變成一隻不死的火鳳凰。

先介紹這部電影，它是改編自《紐約時報》的專欄，敘述發生在紐約的八個小故事，每一集都是三十分鐘，去探討愛情、友情和家庭。

第一集叫《當門房變成閨蜜 When the Doorman Is Your Main Man》，講住在公寓中的一個單身女子，在她生命中最可靠的朋友是一個門房，不管天晴天陰都能像家庭成員一樣照顧着她，他向她說：「我幫你看男人時，是看他們的眼睛。」

單身女孩人生經驗尚淺，她的男友離她而去，她獨自生下了一個孩子，看更一直在她身邊鼓勵和支持着她，沒曲折的愛情故事，但有強烈的人與人之間的關懷。

第二集講一個網上婚姻介紹所的老闆，自己卻得不到伴侶，直到他遇到一個青春已逝的記者，看到她失去愛人的經驗，才了解怎麼去追求真愛。題名為《當八卦記者化身愛神邱比特 When Cupid Is a Prying Journalist》。

第三集《愛我本來的樣子 Take Me as I Am, Whoever I Am》講一個躁狂症女人，怎麼走出這個不可告人的秘密。

第四集《奮戰到底 Rallying to Keep the Game Alive》講一對已婚互

相沒有話可說的夫妻，怎麼透過打網球去維持這瀕臨破裂的婚姻。

第五集《中場休息：醫院裏的坦誠相見 At the Hospital, an Interlude of Clarity》故事和題名一樣，講一對男女在約會中發生的突變，女的一直在醫院中照顧男的，兩人產生的感情。

第六集《他看起來像老爸，這只是一頓晚餐吧？So He Looked Like Dad. It Was Just Dinner, Right？》講公司裏的小女職員和她的上司的一段感情，起初以為對方只是一個像自己爸爸的人物，後來怎麼改變主意去愛他。

第七集《她活在自己的世界裏 Hers Was a World of One》講一對同性戀者怎麼去收養一個嬰兒的故事。

第八集《比賽來到最後一圈，變得更加美好 The Race Grows Sweeter Near Its Final Lap》講在跑馬拉松的一個美國老女人，愛上了一

HOKO ! Top-Rated ∘ For you ∘ Trending ∘ Blockbusters ∘ Series ∘ TV
HOKO ! Recently added
大時代
The Greed of Man
六指琴魔
HOKO ! Nostalgia
笑姻緣
上海灘
HOKO ! Award winning movies
投奔怒海

個亞洲老男人，兩人一起競跑，但他先走了一步的故事。

單單看這些片名，已知道一般公映的好萊塢片子是不會用的，現在只在串流上放映，打破了被高昂發行費的限制，自由奔放，想怎樣題名就怎樣題名。

故事也不完整，一般觀眾會認為沒頭沒尾，但不要緊，你不必花錢去看，亞馬遜的Prime Video特別聲明這是零觀賞費。

也不是完全由無名演員出場，紐約有很多演員願意收取很低的出場費去完成一個自己能發揮的機會，故演員表只有Anne Hathaway、Tina Fey、Catherine Keener、Andy Garcia等，其他主要演員也許你沒有聽過，但都是熱愛電影的人士。有我喜歡的金髮小女孩Julia Garner，此妞非常拼命，盡量爭取演出機會，二〇二〇年拍的《The Assistant》全片製作費才一百萬美金，所得片酬應該比她的電視片集《黑錢勝地Ozark》

少得多。

演婚姻介紹所老闆的是印度演員Dev Patel，他從《貧民百萬富翁》開始就演過多部重要的電影，此片中他的角色已跳出國界。

另外的名演員也都不是因為錢而來，也許是他們認為自己是紐約人，應該為宣揚紐約做多一點事，而且，此片已得到很多電視劇的獎狀提名，得到單元劇的男女主角獎機會極高，大家都願意參與一份。

話講回來，如果有任何投資者夠眼光，就應該去辦一個中國人的串流平台，全世界的華人集中起來，市場已無限大的，先出資買舊的電影和電視片集，再製作一些清新的電影打頭陣，將是一個打破傳統電影院上映的機會，至於人才香港有大把，黃金年代的功夫片、殭屍片以及各種富有娛樂性的片子，將會得到重生。這個市場是因為得不到創作自由而滅亡的，只要讓大家放手去幹，一定能夠殺出一條血路。

串流製作，已經在美國定型了，也證實可以成功。大家可以打破明星制度，不必付巨額酬金去請他們，有才華的年輕人多的是，串流電影上不需要大牌演員來保證票房，而且一大堆老演員都等着開工，降低片酬來演出，是他們樂意去做的事。

當今Netflix、Prime Video、Apple TV、HBO、Disney等等都已進入戰場，瓜分好萊塢的市場，我們還等甚麼？

串流天下

在家裏，電視節目無聊，好在有「串流」這兩個字救命，否則會悶出神經病來。

對不接觸科技的人來說，有沒有「串流 Streaming」也無所謂，對我這種愛看電影電視劇的人，簡直是救命恩人，現在天天靠它，才能入眠。

最典型的例子，也是香港人最熟悉的，就是Netflix了，當今的新電視機已替你安裝好，一按掣就能看到，不然在平板電腦或手機上從App那裏找到後下載即可，簡單得很。

Netflix是一個無底深淵，要看甚麼電影電視劇都有，當今，已是多

What's up folks!
Harry Bosch
Let's watch ....
Heidi B
Master chef?
Midge Maisel
You Gotta be kidding!
Billy McBride
Never!
Phoebe

得看不完。西方流行的笑話是：花在尋找你要看的時間，多過你想看的節目。

是的，Netflix內容太多、太雜了，之前節目不錯，當今已有粗製濫造的趨勢，有點麻木。還是推薦大家去看Prime Video吧，這是大集團亞馬遜出生的愛嬰，財勢雄厚，要製作甚麼節目都行，也不怕虧本，但他們不是鬧着玩的，眼光闊大而精準，實在來勢洶洶，是Netflix一大對手，把Disney、HBO、Apple TV拋得遠遠。

怎樣上線看呢？在App上找到Prime Video即刻可以下載，其他地區還要付月費，像台灣，月費也要5.99美金，一點也不算多，香港可以試看7天，之後收費和台灣一樣。

最初並不注重中文市場，許多節目並沒有字幕；打開了台灣之後便有中文繁簡體並用的字幕，但還不完善，用中文尋找片名，還是有困難。但對懂得英語的觀眾來說，一點問題也沒有，而且他們針對的，也是這類觀眾。

Prime Video雖然有各種別人製作的節目，但還是以本身的為主，我當今追的有《漫才梅索太太 The Marvelous Mrs. Maisel》和《律政巨人Goliath》，前者從二〇一七年開始播第一季，到二〇一九年播第三季，第四季又即將來到，講一個棟篤笑（Stand-up comedian）的人物，觀眾會一步步地喜歡上她，一直追看下去。

當然，要欣賞這個電視劇的人首先要喜歡紐約，它以五十年代尾六十年代初為背景，和《廣告狂人Madman》是孿生兒，一部嚴肅，一部是喜劇。

女主角梅索夫人被先生拋棄後自力更生，以表演棟篤笑為生，創出自己的一個天地。製作甚肯花錢，不管在服裝和道具上都經細心考據，一一重現。又加上當年的流行音樂，時而載歌載舞，像在看一齣音樂劇，喜歡上了就不能罷休。

她身邊的人物，像經理人Alex Borstein和她的父親Tony Shalhoub的演技更無懈可擊，後者演的神探Monk，早已深入民心，演甚麼像甚麼。

此劇得獎無數，艾美獎更不在話下，幾乎所有電視獎都能囊括，還沒看時不能了解有甚麼那麼厲害，一看上癮後便能明白製作人兼劇作者的苦心，Amy Sherman-Palladino的父親是個棟篤笑演員，她當然受了影響，細心地考據和重視當年的資料，活生生地描述出來。

當然，如果能夠了解猶太人文化，那麼看來更會津津有味。美國娛樂界被猶太人控制，他們會在電影電視上一一滲透他們的習俗和人文關係，像割禮、婚禮和家庭聚會等等，一有機會，便拼命介紹，這種手法並不討厭，可以引起其他族群的共鳴。

另一套《律政巨人》依靠好演員支撐，主角Billy Bob Thornton的演技是毫無疑問的，講一個落魄的律師怎麼去為無辜的受害者爭取公道。主角強，配角要更厲害才行，演他對手的是William Hurt，以前常演謙謙君子，這部劇中當反派，精彩絕倫。一共三季，每季都值得追看，男主角煙抽個不停，是不是有煙商私底下贊助，不得而知。

除了這些，令人追的還有《邋遢女郎 Fleabag》，講一個不修邊幅的女子怎麼在這社會生存下去的故事，當然很受女權分子歡迎。

也不是全部嚴肅，《復原 Undone》由動畫片《Alita》的製作班底創作，用奇異的畫面來講八個短故事，很受觀眾歡迎。

《傲骨博斯 Bosch》是另一個拍得很好的片集，男主角Titus Welliver之前專扮反派，想不到演技如此精湛。

《歸國 Homecoming》就用上大明星Julia Roberts了，講退伍軍人的創傷，相當地沉悶，但如果沒有別的，為了女主角也可一看。

《黑袍糾察隊 The Boys》是反當今的英雄，娛樂性較高。用科幻大師Philip K. Dick小說改編的《高堡奇人 The Man in the High Castle》也很好看。

如果你能接受印度片，Prime Video上有不少印度作品，他們看準了印度這個龐大的市場，又不會有諸多的限制，可以看的節目無數，是眼光獨到的。

平台上還有很多供應給小孩子看的節目，較為反傳統，用來搶迪士尼的觀眾。

有「串流」實在好，當今的科技還不成熟，等到5G、6G，幾秒鐘就可以下載一部片的話，所有的好萊塢電影和中國舊片都能即刻看到，到時又是一個熱鬧的局面。

寶

請各位讀者再三原諒，我今天又要談串流Streaming中得到的樂趣了。

從前我很不喜歡在文中提到電視節目，認為這是沒有生活情趣的寫作人才會涉及，不然美食、旅行等等有大把題材，何必談這些躲在家裏才接觸到的東西？不過當今是例外，我們都因為疫情而被鎖在家中，電視的串流變為我生活的一部份，只有一談再談了。

還以為我自己很先進，會用新科技欣賞串流這種新媒體，但當我看到了《叢林中的莫札特 Mozart in the Jungle》，才知道我自己很落後，這個串流的電視節目早已在二〇一四年就開始播出，我是多麼地後知後覺！

一共拍了四季，我不休不眠地追着看，像着了迷，每季十集，每集三十分鐘，二十小時的戲，我不一口氣看完不肯罷休，現在要鄭重地介紹給大家，千萬別錯過這顆寶石。

講的是甚麼？紐約的交響樂樂團成員的故事，這絕對不是人人喜歡的題材，實在小眾得要命，就連美國也只有紐約人能接受。當然紐約不是美國，紐約是獨特的，只有紐約那麼高文化水準的地方，才能製作出那麼標青的節目來，而香港，是最接近紐約的都會，相信也有人會欣賞。

製作團體的主幹是羅曼·哥普拉Roman Coppola，你猜對了，他是大導演哥普拉的兒子，蘇菲亞哥普拉的哥哥，作曲家卡米尼哥普拉的孫子。這家人都特別有天份，祖父留給他的音樂細胞，令他很小便與作曲家音樂家們為伍，這個故事交在他手上的確是如魚得水。

他從小愛電影音樂和旅行，並不在乎擔任甚麼角色，認為只要能參與已是最大的幸福，經過他手的有《犬之島》、《大吉嶺特快車》等等片子。

看過了Blair Tindall寫的回憶錄《Mozart in the Jungle: Sex, Drugs And Classical Music》，他就決定改編成視覺作品。電影不可能，因為只能縮成兩三小時，這部戲全靠人物描寫，串流媒體的長篇才能充份表現。也沒有甚麼強烈的故事結構，只是講樂團中的各個人物，慢慢描述，讓觀眾一個個地愛上他們，就成戲了。

主角是年輕指揮家，選中了Gael Garcia Bernal這位墨西哥演員來擔任，他在《The Motorcycle Diaries》和《Y Tu Mama Tambien》等片中大受西班牙語系的觀眾歡迎，許多名導演都很愛用他。選他的另一個理

由是現實生活中真有其人，委內瑞拉指揮家Gustavo Dudamel得了無數的指揮家獎，教宗尤其愛看他的表演，他本人也組織兒童交響樂團，並擔任洛杉磯愛樂樂團的音樂總監，在這部戲中分分鐘看得到他的影了。

女主角Lola Kirke，本身也會吹「雙簧管Oboe」這種樂器，每天會演奏五六個小時。雙簧管是最難吹得精準的，交響樂團演奏時，是讓它來調準音調。這樂器我以前的文章中也提過，蘇美璐說是她最喜歡的，因為原著作者也是吹雙簧管，請她來演是理所當然。

講那麼多，如果不愛聽古典音樂的觀眾會不會沉悶？一點也不。劇中選的多是膾炙人口的曲子，而且每集只有半小時，也不能都奏得完，劇中聽起來恰到好處，對從未接觸過古典的觀眾聽來頗親切，而且會逐漸地愛上，全劇看完，等於上了一堂音樂課。

在第三季，加了Monica Bellucci，演出名女高音，影射Maria

Callas，已經五十二歲的她，全裸演出，不覺衰老。

劇情中的人物都是敢做敢愛的，他們熱愛音樂，也熱愛人生，興之所至就來一下，也不覺得有甚麼不對，也是輕輕鬆鬆，看得有趣。

值得一提的是配角Bernadette Peters，她人長得漂亮，身材又好，歌唱得精彩，就是在好萊塢紅不起來。她演個交響樂團的經理人，不斷地為樂團找尋贊助者，又要安撫這群瘋子，演得出色，編導也找了個機會讓她在劇中唱幾首動聽的歌。

演過氣指揮家的是Malcolm McDowell，大家還記得他是《發條橙 A Clockwork Orange》的男主角。這角色要不擇手段地死站在舞台上，在演藝圈中有很多這種人物，由他來演，特別活生生。

把藝術和娛樂糅合在一起的戲劇並不多，看了能提高自己水準的更少，這部得獎無數的長篇劇是非常非常難得的，我看完也為製作人揑一把汗，不知道他們怎能説服投資者讓他們拍出來。

不過，到了最後只拍了四季，還是被腰斬，儘管眾多的觀眾為此不值，但事實歸事實，救不起來，拍不下去。

可惜呀可惜。

大家要看的話，當Prime Video會員吧，沒有幾個錢的。

聽覺享受

我天生對味覺十分敏感，一嚐到食物，即能分辨出有無防腐劑來。上天是公平的，令人得到一些，失去一些，所以在聽覺上我是差過很多人。像一些朋友買了精密的音響設備，能聽出交響樂中的每一個音符，這種享受倒是我缺少的。

看書是從小培育的習慣，吃東西自然產生味覺的分辨，至於聽覺，我沒有受過甚麼訓練，也不追求，對音樂的認識，最記得的是那個麗的呼聲的木盒子，每早一開始就傳出《溜冰圓舞曲》原名《Les Patineurs》，英譯《The Skater's Waltz》，就算自己不願意，也會入腦，至今隨口便能哼出來。

音樂對一個少年的成長扮演了很重要的角色，我因為愛電影，每看到一部，它們的主題曲或背景音樂便能牢牢地記於心頭，有些也不是當年的，像一部叫《翠堤春曉 The Great Waltz》的，是我出生之前的一九三八年拍攝，後來重映，才記得讓人陶醉不已的《維也納森林的故事》和《藍色多瑙河》，以及為此片創作的《當我們年輕時 One Day When We Were Young》。

除了電影，走在街頭也能聽到的流行曲《Seven Lonely Days》也深深地烙印在我腦海中。美國流行曲最能代表一個年代，聽一個人哼出些甚麼歌曲，就知道這個人有多少歲了，所以看傳記，流行曲扮演了一個很重要的角色，絕對不能忽視。

在疫情期間，網友要我介紹我喜歡的音樂和歌曲，我就憑着記憶，一數就有一百首以上的歌曲來。有些是馬上記得，有些拜賜於當今的搜

索機器Spotify，它有一個功能叫Daily Mix，就是將你選出的歌曲做一統計，幫你組織一些年代與背景相關的曲子來，我可以從中挖掘一些已經埋葬了的記憶，說出當年當時喜歡唱的歌，以及讓這些曲子流行的歌手。

最先出現了Bobby Vee，他唱了《More Than I Can Say》，接着當然有膾炙人口的Pat Boone，那年代的人誰會忘記《Love Letters in The Sand》呢？還有Cliff Richard的《Summer Holiday》和《The Young Ones》，當然也忘不了Bobby Vinton唱的《Sealed With A Kiss》，因為那是當年我第一次來香港聽到的流行曲。

「你談的都是老餅的歌，我們從來沒有聽過。」小朋友們抗議

我會回答：「現在是我在寫文章，你不喜歡別看，當你自己能夠寫時，再去談Billie Eilish，Selena Gomez，Ariana Grande及Sada Baby

吧。」

但是有些網友，回聽我介紹的那些老得掉牙的歌，也開始欣賞起來，令大家感到興趣的是，能聽得清楚歌手唱的是甚麼。

這些老餅，都必要經過嚴格的丹田訓練，珠圓玉潤地唱出每一個字來，不像當今的只要能「喊」就是。聽歌嘛，最低要求應該是聽得懂嘛。

從聽歌學習英文，是件快樂的事，我的英語基礎也是拜賜聽流行曲得來，而唱得最清楚莫不過Nat King Cole了，一旦喜歡上他的歌，又是一個歡樂的天地。

與他同時的還有一個叫Johnny Mathis的，不但歌詞聽得懂，而且能聽出絲綢一般的味道來，其他的，像Matt Monro、Andy Williams、Tony Bennett等等，都沾上一點。

你可以說這些人唱的都是抒情的慢歌，所以較為易聽，但是你去試試，Bill Haley And His Comets、Little Richard、Chuck Berry、Buddy Holly的搖滾吧，當然也可以聽得出每一句歌詞來。

也別看輕貓王Elvis Presley，他的情歌是那麼清清楚楚，尤其是後期經宗教洗禮後唱的更是動人，民謠更是好聽，所以我選了他唱的Danny Boy介紹給大家。

除了歌唱，音樂帶給我享受莫過於爵士了，我的接觸也是拜賜於電影看法國片《通往絞刑架的電梯Ascenseur pour l'échafaud》（1953），配樂用了Miles Davis的爵士，他的演奏，被公認為天下最寂寞的樂器聲，一聽即知悲傷是甚麼一回事，馬上哭泣。

打開了爵士的天地之後，接着來的是《Take Five》、《Harlem Nocturne》和Louis Armstrong的《When The Saints Go Marching In》，

再下來欣賞的是怨曲Blues了。

這可得女人來唱，不管她們的樣子美醜，身材多肥，依然能唱出李清照式的各種哀怨來。代表的有Ella Fitzgerald，她的每一首歌都好聽。誰能忘記Julie London呢？她的《Cry Me A River》一直圍繞着聽者不放，還有數不清的Sarah Vaughan、Eva Cassidy、Billie Holiday、Laura Fygi、Norah Jones、Diana Krall……

順帶一提，Spotify除了歌名歌手名之外，往上一掃，還能有歌詞出現，聽現代歌手伊伊呀呀的詞，也能懂得了。

《若不關懷》

最近又重聽了一首叫《若不關懷 If I Didn't Care》的歌。乖乖不得了，這一來我又重新着迷，聽完又聽，在Spotify和YouTube上找到所有人唱的，所有樂器演奏的，百聽不厭。這首曲子緊緊地抓住我不放，繞樑三日回味無窮。我睡覺和醒來，腦中完全是《If I Didn't Care》。

從前有一首叫《哀傷的星期天 Gloomy Sunday》的，聽完大家都自殺去，這一首不止令人陶醉，也可以讓聽者懷念初戀的情人，以及想起種種的別離，卻不太過悲傷，只是懶洋洋、無可奈何，非常地優雅。

此曲為Jack Lawrence所作，他本來受聘於好萊塢製片公司，專為電影作曲，這首只是他的閒情之作，無心插柳地給了唱片公司試試看是否可以發表，Decca轉給了一隊叫「墨跡The Ink Spots」的四人組合，當年他們唱甚麼也不紅，一樣抱着嘗試的心態錄下這張唱片，時為一九三九年一月十二日，想不到一炮而紅，聽過的人都不會忘記。這隊黑人組合，影響了後來的The Platters，兩者比較之下，你就知道「墨跡」高出許多。

唱片一出爐，著名的歌手和樂團紛紛搶着錄唱片，連鼎鼎大名的Bing Crosby和Frank Sinatra也照唱，最著名的樂隊Count Basie, Louis Armstrong也不肯放過。歌詞為：

If I Didn't Care, more than words can say
If I Didn't Care, would I feel this way？
If this isn't love then why do I thrill？
And what makes my head go, round and, round while my heart

stands still

If I didn't care, would it be the same ?
Would my every prayer begin and end with just your name ?
And would I be sure that this is love beyond compare ?
Would all this be true if I didn't care for you

此處加上旁白：

If I didn't care, Honey child, more than words can say
If I didn't care, would I feel this way ?
Darling if this isn't love, then why do I thrill so much ?
And what is it that makes my head go, round and, round while my heart just stands still so much ?

此處回到歌詞：

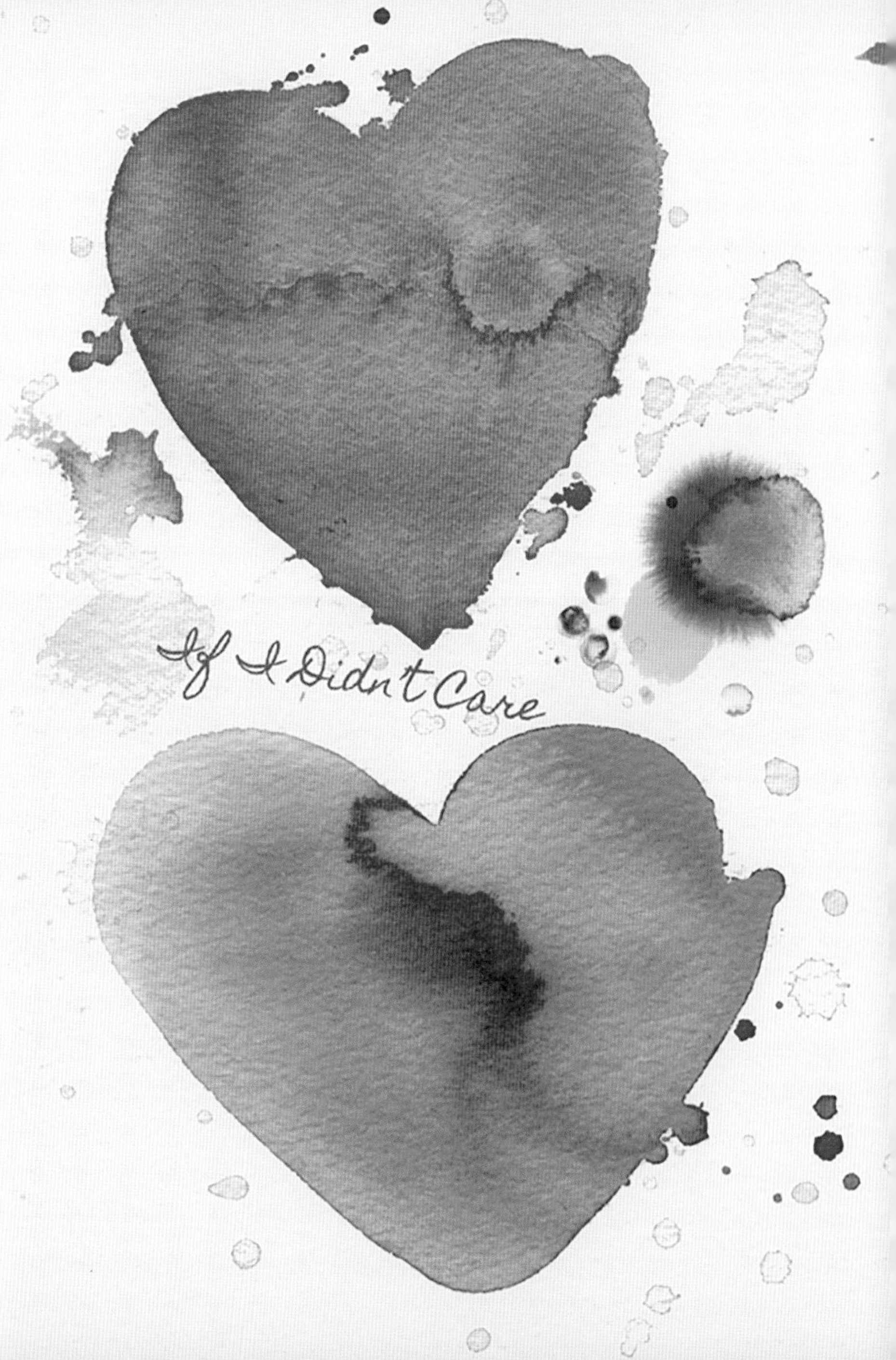
If I Didn't Care

If I didn't care, would it be the same？
Would my every prayer begin and end with just your name？
And would I be sure that this is love beyond compare？
Would all this be true, if I didn't care for you

對於不懂英文的讀者，對不起，我試中譯過幾次，都詞不達意，有些歌，只能以原文唱。

「墨跡」唱完這首歌後平步青雲，接着的歌也膾炙人口，有《我再不微笑了 I'll Never Smile Again》、《撒謊是罪過的 It's A Sin To Tell A Lie》、《我不再點燃世界 I Don't Want To Set The World On Fire》，以一貫的作風，歌唱到一半加入旁白。

後來的許多電影製作人也為此曲着迷，不斷地在各種形式之下用完再用，《月黑高飛 The Shawshank Redemption》（1994）一開始就出現：《狂牛 Raging Bull》（1980）、《娛樂大亨 The Aviator》（2004）等名片，一有四五十年代的背景必唱此曲。我們又怎麼會漏掉愛好爵士的活地亞倫呢？在他的《歲月流聲 Radio Days》（1987）出現。

最可惜的是Ridley Scott的《銀翼殺手 Blade Runner》（1982）本來是機器人和男主角作愛那場戲想用的，但是作曲家已把版權賣了給披頭四的Paul McCartney，要了個天價，只有改用Vangelis的《One More Kiss, Dear》遜色得多。

為此曲着迷的歌手無數，Connie Francis, Brenda Lee, Bobby Vinton等等，都可以找來聽聽，有些以慢調唱，有些輕快地唱。最值得看的是《Miss Pettigrew Lives For A Day》（2008），女主角本來為了金錢要與窮鬼鋼琴師分開，但他彈了這首歌，兩人合唱的場面深入人心，是拍來向此首曲致敬的，可以在網上看到片段。

別以為好東西只有老頭子會欣賞，現代愛好音樂的年輕人不少，他們一聽到此曲也即刻着迷，被大陸人叫為「甜茶」的Timothée Chalamet也對着鏡頭唱，雖然他的歌聲不像外貌那麼吸引人。

我最喜歡的還是Allison Young，她自己彈鋼琴自己唱，有股很清新的氣質，各位可以找來看看，必定着迷。

君子國

君子國

當你想不出要寫些甚麼，往菜市場去吧，總能找到一些可以發揮的題材，而且今天還有一項特別的任務，就是和雷太拍一張照片留念。

沛記海鮮在菜市場進入的第一檔，我已經光顧了幾十年，主人雷太在全盛時期擁有數艘漁船，甚麼名貴海鮮都能在她檔中找到，我喜歡的都是一些隨着拖網捕撈的雜魚，像七日鮮、荷包魚和不知名的，都是我最愛吃。

隨着年紀越來越大，她的魚檔賣的名貴魚卻越來越少，只剩下一些馬友和海斑，另外的老虎蝦和魷魚，是兒子的冰鮮店拿來的，但我還是不停地在她的檔口停一停，不買也打聲招呼。

今天，是她最後一天。兒子見她歲數大了，不忍心看她每天在這裏辛苦，請她休息休息。許多老顧客都不捨得，不過她也不是完全退休，收拾了魚檔之後，她會到侯王道在她兒子開的冰鮮店幫手，想念她的人可以到店裏和她聊聊天。

菜市場的檔主和顧客們交易久了，就會成為老朋友，這種關係可能會濃厚過家人。我住在九龍城，九龍城菜市場可以說是我家的一部份了，幾天沒去，小販們都會關心地問起我來。

和檔主們做了朋友，再也不必擔心買不到最新鮮的貨物，他們總會把最好的推薦給你，有時算得太過便宜，付錢時多加一點，對方不肯收，買的人更不好意思，大家推來推去，真像小時候書裏說的君子國。

蔬菜檔的二家姐，從前也不在菜市場，而是開在侯王道的一間店裏。一共有四姊妹，都是美人兒。四姊妹中有一位早走，另一位在家享

新三陽
發潮

本地魚
新鮮
蔬菜
金城臘味

清福，大家姐還在雷太魚檔對面賣菜；二家姐的開在另一邊，所賣的蔬菜最為新鮮，好處在如果想不出要燒些甚麼菜，她會不厭其煩地一一為你想好。本來二家姐也可以退休了，但她說是為了等兒子成熟接班，要多做幾年，我卻看她樂融融地，似是不肯呆在家裏。

最近香港政府為美化市容，請了許多街頭畫家，把九龍城的店舖都畫上彩畫，衙前塱道上的「義香荳腐店」就是其中之一，這家人由兄妹二人經營，畫家把他們兩人的大頭畫在門上。其他家也畫了，但都早開店看不到繪畫，只有義香的畫最顯眼，那是因為他們的店開得最晚，通常要在中午時間才營業，開到傍晚就收檔。我最愛吃的反而不是他們的豆腐，而是大菜糕和涼粉，但不敢多買，因為妹妹不肯收錢。店裏也宜堂食，有許多老顧客經常停下，吃一兩件新鮮煎炸的豆品，或喝杯豆漿才繼續買菜。

再過去幾家是也經常光顧的「元合」，這裏是唯一可以買到潮州魚飯的店舖，但年輕顧客不懂得欣賞，魚飯種類沒有以前那麼多了。另一個原因是海鮮越來越少，一少就貴了，當今的魚飯沒以前那麼便宜。他們的炸魚蛋最為爽口，也有很多人喜歡。

街尾的豬肉檔和牛肉檔生意很興隆，豬肉檔的肉最鮮美，牛肉檔生意特別好，一到天氣冷就大排長龍，大家都買牛肉來打邊爐。我們都已成為老朋友，不買也走過去閒聊幾句，最常說的是來看看他們有沒有偷懶。

也不是家家都是老店，生力軍有來自潮汕的「葉盛行」，這是一家做大宗潮州雜貨的店舖，甚麼都有。我喜歡的是老香黃，即是一種佛手瓜醃製品，越老越好，所以叫成老香黃，我到夏天拿它來沖滾水，泡出來的飲品以前老人家說可以治咳嗽，也不知是否有效，反正我喜歡那個味道。到了深夜喝濃茶睡不着覺，喝老香黃水最好不過。從前要到潮汕才能買到，當今不能旅行，可以在「葉盛行」買到，實在方便。

同一條路上還有老店「老四」，一度發展得厲害，當今守回老檔口，賣滷鵝，疫情之中外賣反而生意越來越好。九龍城賣滷鵝的檔口不少，但「老四」還是品質最有保證的一檔，除了滷鵝，他們做的滷豬頭肉、滷豬耳朵和鵝腸等，都很受歡迎。

再走去就是「潮發」了，這家老潮州雜貨店甚麼都有，欖菜也是自己做的。我最愛吃他們的鹹酸菜，有鹹的和甜的兩種選擇。潮州甜品中的清心丸也可以在那裏買到，一度被禁止，因為用了硼砂，但這種小吃在潮州已存在了上千年。

隔壁是「金城海味」，在這裏買鮑參翅肚最安心，貨真價實。乾鮑也能代客發好，請客時加熱就行。要買陳皮的請儘管在店裏選購好了，有最好貨色。

折回侯王道，當然去「永富」買水果，當今除了高級日本蜜瓜、葡萄和水蜜桃之外，還有新鮮運到的雞蛋「蘭王」，要吃生的話盡可放心，雞蛋的包裝上有何時進貨的日期。

隔壁的「新三陽」是愛吃滬菜的人最愛光顧的，如果你想自己做醃篤鮮，他們除了新鮮豬肉之外，甚麼都會替你配好，按照店員的方法去煲，一定不會失敗。我還愛買他們新鮮做的油燜筍、鴨腎、烤麩等等小吃。有時會買些海蜇頭回來，用礦泉水沖一沖，再淋上意大利陳醋，百食不厭，你也可以試試看。

流浮山

海鮮的話，如果說是到西貢或鯉魚門去找，食魚專家們如倪匡兄聽到了一定嗤之以鼻，要是說去流浮山，他們才點點頭。

很久沒來流浮山了。記得最初前往實在是山長水遠，從市中心出發，非花上一小時以上的車程不可，但為了生猛的魚蝦還是照去，後來路打通方便得多，不過也至少要四、五十分鐘才能到達，所以不是一個常去的地方，如果不是招待遠方好友，不會到流浮山。

最近，認識了一位新朋友，對食材非常敬重，也肯到處品嚐，和他雖然不是十分稔熟，也答應帶他到流浮山走走，之前告訴他，千萬別穿甚麼好皮鞋，有些地方還是涉水而行的。

在迴旋處下車後，我們經過那窄長的巷子，兩邊都是食材檔口，就可以走到碼頭。星期天，遊客也還不少，都是本地人專程而來。

大家買最多的是乾蠔，流浮山從前以產蠔著名，盡頭處可以看到由蠔殼堆積的山丘，實在厲害。當今環境被破壞，生蠔已經沒人吃了，但乾蠔還是很受歡迎，種種吃法，變化無窮。

我帶友人先到達小巷左側的商店，海邊街八號的「汝記蠔油公司」去。蠔油已是常用的調味品，許多網上的做菜師傅，包括潮州人山哥，也常加一大匙蠔油，因為大家對味精敏感，不太敢用，但大加蠔油則沒人反對，其實也放了大量味精。

我家用的過半是日本產的「頂天」，用的蠔汁特別多，一般的生蠔極少，有些次貨還以青口代替，也沒甚麼人吃得出來，但「頂天蠔油」也帶了很重的防腐劑味道。

「汝記」的產品也分等級，買最貴的約七十塊港幣一瓶的好了，調味品不能當飯吃，貴一點也無所謂。

當今因疫情，餐廳也不開早市，所以沒約友人一早來到，從前我都喜歡清晨來流浮山，在碼頭上看到內地來的漁船成排一起湧來，非常壯觀。

這時就可以選最新鮮的魚蝦蟹了，如果遲去，只有在海產店中採購。賣的和西貢、鯉魚門完全不同，沒有甚麼阿拉斯加螃蟹之類的舶來海鮮，這兩個地方只有墨魚是本地的。

最佳選擇當然是黃腳鱲，這種最香最鮮美的魚，賣的價錢也不貴。記得最愜意的一次是和倪匡兄來吃，見店裏有，只說有多少尾就買多少尾，結果買了八條魚，都是比手掌大一點的尺寸，最佳狀態即蒸出來。

倪匡兄一見大喜，我們看他那種歡悅的表現，自己都不捨得吃，我的一尾留給他，其他友人也留給他，結果他老兄一人幹掉了八條魚。

拿去做的地方當然是「海灣酒家」了，這家人已光顧了三四十年，主掌的是大家姐，我們都叫她做「肥妹姐」，樣子數十年不變，她帶着兩個弟弟每天在店中守着，你們去找她好了，想不出要吃些甚麼的話她可以代你出主意。

這家人最厲害的當然是蒸魚，大小不同類型的魚，放在同一蒸籠中，他們也會一口氣為你蒸出來，生熟度完全是靠擺在不同的位置，這是驚人的手藝。

說到蒸魚，香港敢稱天下第一了，全世界也沒有一個地方比香港人蒸得更拿手，這句話是在各地吃過之後的比較，全無虛言。

帶這位友人來的原因之一，也是因為吃過他的家廚做出來的蒸魚，可用廣東人一句老話形容，叫甩皮甩骨，好好一條魚就那麼浪費了。從前和倪匡兄到餐廳去，如果遇到這種情況總會發脾氣，當今大家都老了，笑笑算數，說是自己要求過高，不關廚子事。

我們坐的是靠近廚房的餐桌，一般的魚聞不到，但是黃腳鱲的話，真的可以說是香味陣陣傳來。

各種魚吃過之後，我都把碟中剩下的魚汁連薑葱一齊留在一小碗中備用。

接着吃白灼蝦，啊！這種佳餚從前宴客時必點，後來跟着產量少，基圍蝦又佔了食桌，真正本地產的九蝦和麻蝦都不見了，今天在當地買的兩斤九蝦，白灼了吃，像嚐到沙糖那麼甜美，吃剩的蝦，剝了殼後放進飯中炒。

「海灣」有兩道名菜，一是蝦膏炒飯，一是海龍皇湯，前者不管你有多飽，也能連吞三碗。友人懂得欣賞，把魚汁淋在炒飯上，見他吃得津津有味，我覺得這回帶他老遠來到也是值得。

海龍皇湯則是把龍蝦、瀨尿蝦、雜魚、沙蜆一塊煮出來。看季節，秋天下白菜仔，冬天則下大芥菜和豆腐，絕對不要貪心，有多少人喝煮多少碗湯，燒出來的，也是天下美味之一。

甚麼地方旅行不了，去流浮山走走吧，別的不說，單單是這兩道菜，已值此行。

海灣地址電話：流浮山正大街四十四號，電話：2472 1011，去時最好先打給他們，有甚麼想吃的海鮮也可以請肥妹姐留給你。

大姐大哥

大姐

拜社交平台所賜，大姐蔡亮和我的接觸已越來越繁密，這是數十年來從未有的事。

小時，我們三兄弟都受大姐的教導，媽媽事業心重，一家人的功課就由大姐頂上，所有不懂得的都問她，好過任何百科全書。

我們都受父母的影響，大姐理所當然地走上教育一途，媽媽當校長，她也當了校長，而且是新加坡最權威的女校南洋中學，不是易事。

認識一些女生，在星馬或在大陸，都是她的學生。一提起校長，大家都有敬畏之心，她的嚴格訓練，令到她們牢牢記住，說起大姐，她們和我皆感到驕傲。

也許是潮州人的傳統，女兒出嫁後多顧夫家，自己的親人反而沒那麼親近，我們的媽媽也是，大姐也是，兄弟姐妹之間的關係逐漸疏遠。

離開家後，父親與我的通信還是不絕，姐弟們就不大聯絡了。當然在爸媽生日時大夥還是相聚，在老人家過世後，我們每逢忌辰，都一齊在墓前參拜焚香。事後兒女們包括他們的下一代，到餐廳去大吃一頓，付錢的還是媽媽，她精於經營，過世後還留下一大筆錢當公款，子女們的聚餐，由她一直負責下去。

本來一年總會見兩次面，父母忌辰各一回，後來大家逐漸事忙，清明也變成集合起來，一次過上香，這麼多年來沒變。

每次見大姐，都那麼充滿精力，除了頭上多些白髮，活躍如常，退休後照上跳舞班，家裏當然打理一切，姐夫的病痛全部包辦，兩個兒子做律師，還當小孩們照顧，也包括孫子孫女。

年紀一大，病痛當然隨着來，膝頭有毛病也大膽地開刀，看着她拿着拐杖一跛一跛辛苦走路，也看着她復原，繼續跳舞去。

最大的悲哀，莫過於姐夫的去世，但她並沒有氣餒，一直想要做些甚麼來解脱這段人生傷痛，是我報答她親情的時候了。

我引導她寫《心經》，在文聯莊買了所有工具寄到新加坡給她，從墨到紙張，應有盡有，大姐開始每天寫一篇，然後在微信上傳給我，起初歪歪斜斜，到每行工整筆直，那段時間從不間斷。

到了百篇之後，她問我如何處置，我回答說可以燃燒後回向，但她選擇留下，每天繼續寫，寫得紙用完，我跟着寄，毛筆和墨汁用完，我繼續寄。

她寫的心經，應該已是厚厚地一大疊了。筆畫工整後，我還寄上歷史上的每位名家所寫的心經，希望她能在讀帖後作字形的變化。

所傳來的，最初我只略作鼓勵性地說好，但逐漸嚴格地指出每一行的開頭和結尾的錯處，這都是按照馮康侯老師的教導，說字與字之間要有大小，行與行之間要互相地謙讓，這麼一來才能發生情感。

有時毛病出在結尾時不整齊，總是留着礙眼的空位，我指出後也改不了，不客氣地講了多次，她才了解有些字怎麼放大，有些字如何縮小，結尾時才能拉齊。

除了心經，大姐又開始作畫，喜歡畫花卉，這方面她比書法進步得快，是有天份的；練習不久，已像模像樣，她的學生來求，也可以畫給她們。簽名時得有一個圖章，我本來自己可以刻給她的，但近來眼睛已沒以前好，恐怕刻得不像樣。

求師兄禤紹燦給她來一個最好，但大姐還沒有達到那個階段，還是求陳佩雁吧，她是禤紹燦師兄的得意門徒，作品沒有一丁丁的俗氣，是我喜歡的。我最近的幾方印都是出自她手筆，無所報答，惟有用書法和她交換，每次都問她想寫甚麼就寫甚麼給她，也算是公平交易。

完成後寄給大姐，她也說很喜歡，等她的字和畫有進一步的階段時，再請禤師兄動手，到時我也會盡量拿起刻刀，為她來一方。

我好珍惜與大姐溝通的這段日子，想不到大家都老了，才產生這麼一段姐弟情。

之前，我們一家人合作了一套《蔡瀾家族》的書，第一本由天地出版，編輯和印刷上都下功夫，得到當年的出版獎；第二本《蔡瀾家族II》也隨着面市，文字之中加了我大哥的女兒蔡芸的文章，第三代人，也有我父親的遺傳。第三本的文章和照片都由大姐準備好，可以付梓印刷，我懶於動筆，說不用我寫了，但大姐反對，要我加一份才行，所以有這一篇文章的產生。這本書中，會加上大姐孫女們的文字，這是第四代了。

本來還想寫父母及大哥的，但一想到就有點悲哀，我的眼淚已經流完，再也擠不出了。

大哥

小時，一直和大哥蔡丹沒有甚麼兄弟緣份，他做他的，我做我的，從來記不得他有帶我去抓魚抓鳥的記憶，兩人並不親近。

爸爸年紀大了，在邵氏中文部經理的職位就很自然地傳給了他，從公司回來，他必先路經老家，為爸爸帶來當天的晚報和一些海外雜誌，從不間斷。

長大後我開始負責擔當製片的任務，也帶過何俐俐、林沖等明星回新加坡拍外景，當年甚麼都省，沒有外景經理這個職位，一切拍攝的雜務，也由大哥承擔起來。我當時年輕氣盛，工作一沒有安排好即刻向大哥大發脾氣，他沒有做過電影製作的崗位，當然有出錯之處，我不諒解，現在想起來，十分後悔，但當然，後悔是來不及的。

我不知道為甚麼我們兩人合不來，有件事，當今想起，也許是起因之一。我們小時候在一個叫「大世界」的遊樂場中，來了一對父女的流浪藝人，父親表演吐金魚，女兒擔任助手。她的名字叫董雲霞，是位北方姑娘，對我很好，有次聽到她和大哥去拍拖，其實也不是甚麼談戀愛，一起去吃個飯、看場電影之類，但對還只有十一二歲的我，是場重大的打擊，從此對大哥更不瞅不睬。

長大後，更沒甚麼可以溝通的。大哥愛做生意，喜歡跑馬，都是我覺得最乏味的事，我們兩人雖然沒真正吵過架，但不親就是不親。

大哥自小就對我沒甚麼意見，他好像一隻不知道仇恨的動物，從不記仇，我偶而回新加坡探親，他也常帶我去嘗街邊小食，我們兄弟的共同點，大概只為吃吃喝喝這回事了，其他甚麼共同話題都沒有。

第一次令我對大哥的印象改觀的是，有回爸爸生病，不便於行，大哥不但每天照顧，還帶爸爸去看醫生，不是只用汽車接送，而是親自揹着老人家去看醫生的。

當年爸爸應該有六十多歲，大哥已有三十多，那麼大的一個成人，還肯親自揹老人家走出走進，在從前的社會也許常見，但在繁華的現代，是少有的。看到了，才知道甚麼叫感動。

從那時候起，我們聊天的機會多了，他常來香港，是負責和香港片商打交道，買他們製作的電影去新馬放映，這是爸爸以前的工作，後來都由他打理了。

片商們應酬發行商人，在電影界是理所當然的事，大哥常與他們去吃飯，偶而也帶上了我，雖然我並不喜歡此類應酬，但也陪着他。

每次大吃大喝之後，都要到醫院去洗血，這時大哥已患上相當嚴重的糖尿病。但大哥的飲食習慣也不因為毛病而減少，他還是盡量地吃，盡量地喝，吃喝完畢又是洗血去，對他那種嘻嘻哈哈的個性，並不覺得是一件苦事。

多年的暴食暴飲，終於還是吃出毛病來，聽到大哥進了醫院，我專程地回新加坡一趟去看望，見他躺在病床上，握着我的手，問道：「有沒有帶新書來？」

原來，從小不喜看書的他，到了後來，最愛看我的小品文，我一有新書必第一個送給他。

我點點頭，從和尚袋中拿出最新出版的一本，交給他時看到他的喜悅，我也欣慰。但欣慰之餘，才發覺到新書的名叫《花開花落》，好像預兆並不吉祥。這本書本來是紀念爸爸的，說他子女長成，孫女孫兒又是一群，人生總是那麼循環。

書交了給他後非常之後悔自己的粗心，但一切已太遲，他閱讀完後，含笑而終。

大哥在一九九八年八月二十一往生，才六十五歲，在這年代，大哥是走得太早。靈牌放在媽媽任職校長的「南安善堂」，和爸媽一起，我們每次拜祭父母時當然也燒一炷香給他。

大嫂知道大哥怕熱，在善堂另一處有冷氣的房間替他買了一個靈位，爸媽的也在旁邊。

大哥生有一男一女，兒子叫蔡寧，女兒叫蔡芸，蔡寧樣子也長得和大哥越來越像，尤其在走路時翹起了屁股，他讀的是電腦，但嚮往我們一家人的電影工作。他在美國長居，後來也加入好萊塢的華納公司，負責了電腦製作工作，對於電影的修復，他更是專家，曾經告訴我說他本來以為和電影無關的，但也當了第三代電影人，有點自豪。我非常喜歡這位姪兒。

女兒蔡芸在日本最榮譽的慶應大學畢業，事業上本來可以一路青雲，因為日本大學有照顧後輩的傳統，但她還是選擇了家庭。偶而也喜歡寫作，在《蔡瀾家族II》那本書上有數篇她的文章。

大哥在天上看到，也感歡慰。

我們兄弟，當今的情感應該是最融洽的時候，在夢中，常和大哥聊天聊到天明。

花花世界

玩播客

疫情期間，不能讓它一天天白白浪費，還是要找點事來做，很多玩意兒都實行了，新的是甚麼呢？

想了又想，又和許多朋友談過，最後決定玩Podcast。

英語的這一詞，是由iPod和broadcast組合，中文被勉強地譯成「播客」，有許多人都早在十幾二十年前玩過，不是甚麼新主意。

最初是一架iPod就行，當今沒甚麼人用iPod了，都是iPhone和iPad的世界，總之架上了它，能看自己，就可以向外廣播。

已有無數人在玩，為甚麼有人會看你的？這是一個最大的問題。

如果懷着一開始就有大把人看，這個玩意就失敗了。內容當然是最重要，言之有物，就有人欣賞，慢慢來好了，反正這是一個被鎖在家裏的年代，盡量把內容做好它再說吧，其他想太多也沒有用。

看其他人的「播客」，一開始便自言自語，得到的第一個印象，是此君蓬頭垢臉，燈光又平淡，太不嚴謹。

我媽幾十歲時，起身洗臉之後還略施脂粉才走出臥房，這一點要學習的。

在家中已如此了，還說要出來「見客」呢。見群眾當然要打扮打扮才行，並不是愛美，而是對別人的一點尊重。

既然要做，就要好好地做，這是父親教我的，所以我不想在家裏對着鏡頭就做，而是要找個地方來實行，剛好生意上的拍檔劉絢強有個很大的辦公室，可以空出來讓我亂玩，再好不過了。

劉絢強本身是做印刷的，他在大陸有最精美的印刷廠，更結合了一群藝術家做展覽，這群人對燈光最有研究，請友好們來替我裝修一下門面，才是見得人。

至於內容，當然是想到甚麼講甚麼，一受限制了總是做不好，守着只談風月，不講政治的原則，任何題材都可大談一番。

單單是我一個人可能太過單調，劉絢強一家人參加了我的旅行團已有數十年，他一家人我也從小看着他們大，都當成親人了。兩位女兒也從她們拍拖到生小孩，可以和她們談一些生活上的點滴。大女愛喝酒和美食，小的愛做甜品麵包，反正地方夠大，可弄一個廚房和烘焙室，一面談天一面做節目，較不枯燥。

用的是甚麼語言呢？大陸市場的話當然是說國語，但是這個直播我還是要面向香港觀眾，說粵語較為親切。

也做了一番研究，至今最多香港人看的是YouTube，節目放在它上

BoBo 齋

面播放，YouTube在國內看不到，也可以選個平台在大陸播放，這還要進一步地商討才能決定。

也許組織一支隊伍，把節目打上字幕，讓聽不懂廣東話的人也可以看。

至於要叫甚麼名字，我現在還想不出，我從前做節目都是由金庸先生替我題字的，也許我會模仿他的書法寫上節目名。

十多年前盧健生介紹了我「微博」這個平台，我開始用心地玩，回答網友的問題，組織一百二十個字的微小說競賽等等，粉絲一個個爭取，至今已有一千零九十多萬粉絲，都是因為我發了十一萬條微博得來，如果我用同樣的努力，「播客」也能得到一些觀眾吧。

即使是微博，也都是以文字來溝通，文字是我的強項，雖然我做過《今夜不設防》和許多旅遊節目，但現身說法總不如文字的交往，這次又是我來和大家見面，還是要從頭學習的。

從前做節目時，如果喝多幾杯酒，膽子就大了，當今酒已少喝，酒量也大不如前，不能靠它來壯膽了，硬着頭皮頂硬上吧。

身體狀態好的話，會較有把握的，但人一疲倦，就不想多説話了，做這個節目，我還是有點戰戰兢兢的，不過也不去想那麼多了，要是不開始，只是口講而不實行，時間又浪費了。

要先得到大家諒解的是我的記憶力大不如前，有時會講錯話，有時時間和地點都會搞亂，總之我盡力而為，對得起各位，也就對得起自己。

搜索些甚麼？

有很多網友問我，你用甚麼iPad？常用的App有哪幾種？

回答你的問題：我的蘋果iPad一向是最新最快的，沒去記得是甚麼型號，總之是容量最大的iPad Pro，有甚麼更新的一出，我一定換。我覺得如果能用錢來買每天必用的工具，是很便宜的事，舊機很多部，都送友人，他們不追新款的，並不介意。

一開機，介面是一尊如來佛像，旁邊的備前燒花瓶中，有怒放的粉紅色牡丹花，這是在家中拍的，我很喜歡佛像是似笑非笑的表情。而牡丹花，如果有荷蘭運來的必買，花期雖然不長，只可擺三四天，但我見到就開心。

介面的第一個icon是相機，我已習慣常用iPad來拍照，如果外出，則用iPhone，反正幾乎同時就傳到。

旁邊的是相片檔案，全部已經拍了三萬一千多張，整理及刪除起來是一大工程，所以盡量不去碰，讓它不斷地增加好了。

照片上從前有許多是食物的，當今已不大去拍了，貓的照片反而是最多，每種形態及表情都留下，有一天學用毛筆畫貓時，可以當成參考資料。

書法的照片也無數，我一看到新的字形必定錄下。啊，原來這個字可以這麼寫的！好的句子也當然拍了，練書法時可以寫寫，最近錄的有很多書齋的名字，像「抱膝吟齋」、「竹軒」、「半日閑齋」、「望雲小舍」等等，自己是不用了，如果有人喜歡可讓給他們。

icon上還有一個「草書書法字典」。最近草書字帖看得最多，自己寫字運用得上，也不能一一記得清楚，大家以為草書糊裏糊塗，但馮老師教導的是，草書最為嚴謹，一筆一畫都應該有出處，一錯了就變別字，所以我寫完草書後一定查一查，免得鬧笑話。

時鐘的icon也常用，我最為守時，每天要看很多個鐘，壁上有太陽能兼電波指示的掛鐘，一分一秒從無差錯；手上的錶也有此等功能，用上了，其他鐘錶都覺得靠不住，尤其是那種幾萬幾十萬的名貴機械手錶。iPad上的這個時鐘功能，還可以看到世界各地時間，打電話給人家先看看，才不會三更半夜擾人清夢。

再下來就是各個社交平台的了，「微博」我當然每天有無時不刻地更新，「微信」也相同，Instagram戶口就交給同事去管理，不然太花功夫了。

Facebook也每天會看，我一發訊息就同時在「微博」、「微信」、

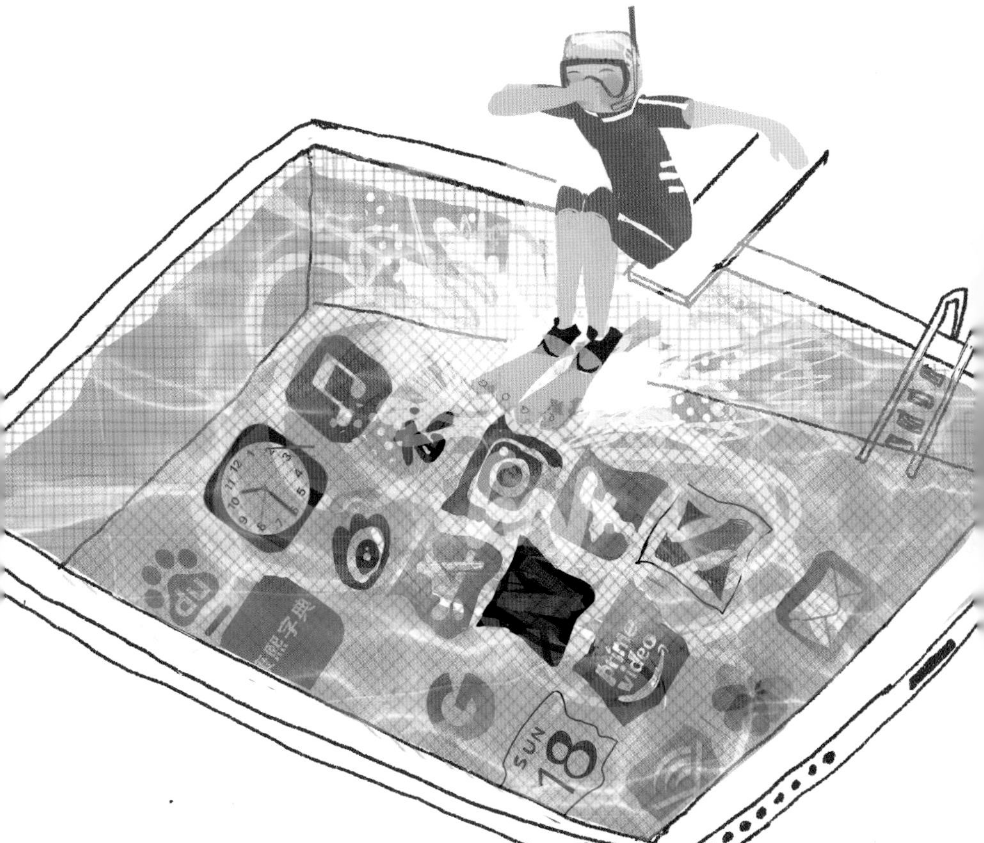
prime video
SUN
18

「臉書」這三個媒介上。Facebook我經營得又慢又少，網友看的也不多，不過可以聯絡上一些失去的朋友，真感謝它。近來香港的網友增加不少，又有許多日本和星馬的，所以會不時地更新。

接着下來便是娛樂了，串流平台Netflix前些時候看得最多，但近來有太雜的傾向，不過我還是會不停地去發掘新節目。看最多的反而是亞馬遜的Prime Video，它的製作水準最高，自從看了他們製作的《Mozart in the Jungle》之後，更佩服得五體投地，變成這平台的頭號粉絲，幾乎將他們所有節目都看了。

「Now隨身睇」也常看，原因是它有一個付款才看得到的電影台，一有新作我當然不會放過。錢多少我也不在乎，我一向認為只要給錢就能得的歡樂，多少錢都是值得的，只嫌節目不夠多罷了。

其他的節目台像HBO GO的icon也在頁面上，這個台亦相當夠水準。至於雷聲大而雨點小的是Apple TV，除了《The Morning Show》之外就沒甚麼好看的，他們錢不是沒有的，只是眼光太淺，當今的總裁也沒甚麼光輝，如果Jobs還在，絕對不會讓他的招牌淪落到目前的地步。

至於Disney串流台，我已沒甚麼興趣，在其他地方看了他們的新作《花木蘭》，更失去信心。

其他的icon多是字典，《康熙字典》我常查，《書法字庫》少不了，《漢語詞典》可以勉強應付單字，《中文字典》、《中日日中辭典》、《日華華日辭典》、《英漢雙解詞典》、《翻譯全能王》等等都有時翻翻。

但用得最多的是「Google」了，中英英中翻譯它比所有的字典還要強，詩詞句子的出處也要靠它，一對節目有好奇，或在電影上看到製作者和演員，我都會上Google查，它滿足了我一部份的好奇心。這搜索機器實是偉大，一切知識都存入，我已是沒有它不行；它也有聲音搜索的功能，許多朋友都用口指示，但我到現在還用不慣。

同類的「百度」令我非常失望，所有的資料都不齊全或貨不對辦，為甚麼連中文的百科全書都做不好？應該打屁股。

學問是每天做了，有時會覺得悶，那麼只好靠「瘋麻將16張」這個icon去解解悶。在網上打麻將打得多了，和朋友開枱時常贏，覺得三人陪你，還要收他們的錢，有點不好意思。

花花世界

疫情期間，悶得發慌，鎖在家裏的日子，怎能過呢？一定得找些事來消解，才對得起自己。

很多朋友建議我在Patreon開一戶口，自言自語地發表言論，如果有人看，還可以分成呢。我當然也研究過，發現並不對我胃口。

如果做Podcast的話，我寧願在YouTube上做了，這是一條大道，看的人也最多，香港人對YouTube最有信心，一得閒就上去逛逛。

當然在內地的平台有更多的選擇，但得講國語，我始終長居香港，用粵語做Podcast應該更有親切感，和大家商討的結果，還是在YouTube做Podcast。至於怎麼照顧到聽不懂粵語的觀眾，我則會加上字幕。

SUBSCRIBED

蔡瀾花花世界

叫甚麼呢？我也想了很久，最後決定用回我的商店名字《蔡瀾花花世界》，也代表了我不談政治的立場，只談風月，不講政治。

通常做一檔Podcast節目是不花本錢的，弄一個拍攝機或更簡單的iPhone，對着自己，就可以開始直播了，但看別人的，總覺得粗糙。開始的時候還是要精密一點，嚴謹一點的，所以先要來一隊攝影及燈光組，再加上後期的剪接與字幕組，一切花費不少，是否有錢賺不知道，但事實是先得被打三百大板。

這也不要緊了，做Podcast最主要的還是內容，講些甚麼有沒有人感到興趣？看不看得下去？才是關鍵。攝影和字幕的投資，我是不惜工本的。

自言自語總不是我的強項，我不是一個話多的人，有些人一開口就講個不停，內地人稱這類人物為「話癆」，我很佩服，但我做不了，還是找人對答較為流暢。

當然我有許多演藝圈的朋友可以找來做主持，但我不想勞煩別人，還是請了我生意上的拍檔劉絢強先生幫忙，要求他兩個女兒上陣，大女叫Shirley，小女兒叫Queenie，她們都是一直跟我旅行團到處去的，從小看到她們大，當成自己女兒了。

Shirley口齒伶俐，又很愛吃東西和喝酒，在吃喝方面很容易配合到我。Queenie很乖，話不是太多，一直喜歡烘焙，從小愛做麵包，非常出色。她做的餅乾好吃得不得了，有種椰子餅，更令人吃得上癮。

有了這兩人助陣，我做起這檔Podcast節目時輕鬆得多，但所花的時間和精神仍是不少的，我總相信這是應該投入的，連這一點也不肯下工夫，怎能做得好？

許多人想做這個，想做那個，說得老半天甚麼都沒有做得出來，我不是這種人。我説做，就做出來，所以《蔡瀾花花世界》這檔節目就產生了，在二〇二〇年十一月十三日星期五首播。

最先拍的是我新結交的意大利朋友Giandomenico Caprioli的意大利雜貨店，就開在分域碼頭。你想到的甚麼意大利食材都可以在這裏找到，非常齊全。

節目出街之後，我打電話問生意有沒有幫助，回答客人增加很多，多人回應道我介紹得不錯，總之有反應是好過沒有反應。

本來，我的原意是一個星期在YouTube中播出一集，看視頻的人不喜歡看太長的，只要剪成十分鐘左右就夠了，否則太長也會在手機上看得昏頭昏腦。

但是，以我本人觀察，看了一集之後，再要等一個星期才有第二集，是不夠喉的，是不滿足的，我即刻吩咐我的製作團隊，不要等多七天，馬上連續在第二天的星期六再做多一集。

第二集的內容是把所有在超市買的東西放在桌上，當成野餐，把醃製的肥豬肉切成薄片，再配上清新的意大利蜜瓜吃，加上聖丁紐爾的火腿，以及用豬頭肉壓成的薄片，還有種種的食物，同時也介紹了妹妹Queenie出現，嘗試她做的麵包。

第三集連續追擊，把買回來的八爪魚煎一煎，將地中海紅蝦做成意粉，淋上紅蝦油和紅蝦粉，是美味的一餐。這時候，拿手的甜品出現，妹妹做的杏仁薄脆美味，白色朱古力撻、貓山王榴槤甜品等，都非常出色。

果然三集同時推出是有它的震撼，可是壓力繼續來了，每星期三集的話，後期的製作是困難的，但怎麼困難也要頂硬上。

下一個禮拜我們推出了上海菜系列，也是一連三集，YouTube上有所看人數的統計，但我是不看的，看來做甚麼？只要做得精彩看的人就會越來越多。

像我在微博上做的，看的人叫粉絲，我的粉絲是一個一個努力賺回來的，至到目前為止有一千多萬。我不能期待YouTube上有這種成就，既然開始了，就把頭埋進去，每次努力地做好它。

對得起自己，就是了。

歷來最大型書法派對

二〇二一年九月十七日至二十六日，我在中環PMQ元創方舉行了歷來最大型的書法展。

書法的內容並不是甚麼深奧的事，好像「歡迎」二字，就是指歡迎大家蒞臨，是很親民、很容易的事，大家喜歡便可以，不用那麼深奧。藝術太深奧的話，我也怕怕，會頭痛想馬上離開，但是對別人來說，對藝術的要求還是會高一點。

要舉行展覽我一個人不夠號召力，所以邀請了好朋友蘇美璐一同參與。

新推出的英文書《Tales of a Hong Kong Dandy》同樣由她繪畫插

圖，每張畫都十分精彩，於是就把書中所有插圖都展示出來給大家欣賞。喜歡的話可以整套收藏，這是整套發售的，不設個別單獨販賣。

我要求書法內容盡量親民。親民，內地用語叫「接地氣」，總之不會故作高深，英文意指「Down to Earth」，就是日常生活中發生的事。好像去市場買菜，都是非常簡單又輕鬆的事。

我寫了好些輕鬆幽默的字句。

「又如何」，如果我不這樣，你又能怎樣。

「搵食啫」，是我的寫照。賣幾個錢就很高興了，賣完又寫，寫完又賣。

「別管我」，就是不要理會我。這是那些被父母、老婆或老公管束得嚴格的人們的心聲。告訴外國朋友「別管我」的意思，他們都說很好，叫我快點寫一張英文的，於是寫了「Leave Me Alone」。

在中環PMQ元創方舉行了我歷來最大型的書法展

我請同學們寫的都是心經，寫心經就是要使人靜下來。
目的是可以讓你平靜下來，減少人生煩惱。

好友鍾楚紅來參觀

我的所有書法展都會有心經展出，我一般不太贊成以草書書寫。因為草書不是太多人看得懂，但是心經可以用草書，因為大家普遍都知道心經是怎樣一回事。

所以心經的草書，是比較多人能接受。

我請同學們寫的都是心經，寫心經就是要使人靜下來。目的是可以讓你平靜下來，減少人生煩惱。

失眠的話，有人會吃安眠藥，其實根本不用做甚麼，寫上十分鐘心經就已經能睡着。期望多點人來，讓他們接觸一下書法，不要經常只顧低頭看手機。

在元創方舉行這個書法派對，因為它空間充足。而周大福珠寶集團在這方面給予了很大的支持，他們在元創方培訓了很多首飾設計的年輕藝術家，我跟他們說「凡是書法、篆刻都是有關聯的」。

他們其中一件展品就是引用英文字母「J」來做戒指，打開它的頭部，原來是一個方印，挺有創意。

其他還有採用玻璃等硬物來作雕刻材料，各種不同大小的香水瓶、小瓶子等，甚麼都可以拿來雕刻，他們都是非常有創意的年輕人。

我喜歡跟年輕人合作，所以邀請了篆刻藝術家馬召其來參加這個書法派對，他為這次活動預備了好幾個印章。

其中一枚刻了「緣」的玉石戒指，是特地為這次展覽所雕刻的。他創新地採用特殊材料來雕刻印章，就是希望用一個新角度來篆刻。

這次書法派對的安排很豐富，包括不同的書法講座，內容很有趣，希望能帶一點知識給大家。

師兄禤紹燦會來分享一些他的篆刻經驗，還有一位品茶專家葉榮枝，他是「樂茶軒」創辦人兼香港茶文化院院長，會和我一起討論「當香茶遇上書法」。

席間榮枝兄問我為何會去學習書法，其實自小我已喜歡這些東西，但是沒有辦法接觸。不過父親常帶我去看新事物，他收到甚麼都給我看，所以培養到一點眼光。他說要去學習的話，馮康侯先生是最好的，於是我便和紹燦兄一起去拜師。

剛好拜師的那一天，老師最疼愛的兒子離世了，我倆商討還要不要去拜師？我們在他家樓下躊躇踱步，最後決定還是硬着頭皮登門。

結果老師見到我們便說：「兒子過身了，我很悲哀。但我會把悲哀化成力量來教導你們。」

榮枝兄又提到我的「草草不工」印章，當年曾用來作專欄的標誌，他對此印象深刻，讚賞刻得非常好。

當然馮康侯老師是近代香港一個篆刻書法的大師，有幸能跟他學習是非常難能可貴。

說到寫書法，千萬不要覺得它是一件麻煩事。

榮枝兄就分享了他對書法的見解：「一筆一畫已經有很多轉變。我常比喻寫作這回事，情況就像當今很流行說『禪修』，也有人稱為『行禪』。」

「行禪」是指走路，一步一步與地面的接觸，先是腳踭、腳板和腳趾，然後提腳再走下去，其實與普通走路沒有分別的，分別在於你的心。所以有心寫的話，一起筆，一落筆。接着按一下，再提行，然後再收筆按一下。

「這個提、按、行、停，過程就像走步一樣。當你用心去書寫時，樂趣就會陸續湧現。」

中環PMQ元創方 The Qube

地址：中環鴨巴甸街35號

文房寶店——文聯莊

文聯莊是我在香港最喜歡逛的地方。

我認為書法不應該停留在古板的年代，你會漸漸覺得不好玩，經常只寫「無愧於心」等字帖，不如活潑一些，寫甚麼都可以。所以，我有一幅「每天見到都開心」的書法掛在文聯莊，可算是玩樂。

如果是真正想學習書法，應該向真正的大師們學習。文聯莊的李先生剛開業的時候，也與一些名家大師來往，你看看懸掛着的字幅就會知道，都是張大千、劉海粟和溥心畬等的手筆，便知道這家店有多厲害。

前店主老李先生過世後，由他的兒子李望達掌舵，他們父子兩人都很有眼光，收藏了很多麻袋的宣紙，都是購自七十年代，已經有五十年歷史了。當今已沒有這些優質宣紙出產，反而內地的書法家，會專誠來香港向他們購買。

談到筆，一般的毛筆除了狼毫和羊毫外，還會採用其他動物的毛料，例如駝鳥毛和水鴨毛；比較特別的有雞絨筆，是採用雞腋下毛所造的，不銳不齊可以寫出蓬鬆效果，筆觸處會出現「飛白」。

還有一種刺竹筆，竹枝經過不停的敲打形成細絲的筆頭，非常挺身，不吸墨水，能寫出獨特的字體，也可帶出「飛白」的效果。

學習書法應從何處開始？老師馮康侯先生就用《聖教序》來教導我們，用的是董其昌的臨本，書中多是行書的字帖，我們學習後可以立刻應用。

書法家王羲之去世後，後人把他的書法集字刻成碑文，現在市面上可買到不同質素的印刷碑帖。初學者不用買十分高質的碑帖來學習，但當慢慢研究有成果後，便可以去買印刷精美的書帖，因為從中能看出筆畫的層次。

說完筆，便說墨。

當今的人較性急，很少去磨墨了。我們這些寫大字的人邊寫字邊磨墨，根本是不可能，就算不停的磨，得出的墨水也不多。當今大多數人會使用墨汁，「開明墨汁」是初學者常用的一種，當你進步後，可以考慮使用「墨之華」的墨汁，挺好用。

我常用「良寬」墨水，效果非常出色；有時候也會用名字叫「天衣無縫」的墨水，同樣很優質。

墨汁可按自己的喜好來使用，喜歡化開效果的，可以沾一下水；如果想濃稠一點，可以加入一些濃墨。

接下來談到紙張，中國書畫多使用宣紙，宣紙特色是滲染能力強。台灣出產的美濃紙，名字「美濃」其實是日本一個地方名。因為之前台灣被日本殖民統治過，日本造紙技術便傳入了台灣。美濃紙的特色是很適合繪畫，還可以渲染和皴擦，不容易破掉，能繪畫出朦朧的國畫效果。

自從姐夫去世後，我跟姐姐說，不如書寫《心經》。生老病死是人生必經階段，但是怎樣去克服呢？抄《心經》是一個很好的方法，在抄寫過程中便會忘記身邊的事情。

但如果不懂得用毛筆，那怎樣抄寫呢？沒關係，有辦法的。你可以購買那些一張張已經寫好的心經，把宣紙鋪在上面，便可以照着抄寫，經過練習便可以學懂了。

所以我的書法展覽會有個「書法派對」，可以讓大家一同參與：我印製了很多心經，你可以隨便拿去抄寫，也可以在現場抄經，過程中能使你忘記煩惱。

有時文人寫字不一定寫在宣紙上，還會寫在扇面上；有些扇子還配有玉石，你在扇面寫字後可以作贈禮。待你的字寫出了名堂後，出門時若身上沒有金錢，就可以用扇子去結賬，以前的古人也是這樣的。

「文聯莊」也有各種石頭販賣，有便宜的、有昂貴的，也有不同大小。買了石頭後再買一把刻刀，便可在石上慢慢的練習雕刻。在雕刻的過程中，有時會聽到石頭爆裂的聲響，那些聲響很悅耳，動聽得像音樂。

當今我認為刻得最好的，是我師兄禤紹燦，他承傳馮康侯老師，刻的印章是一流的。店裏也有老師的作品，看起來很親切。我們這些門生，並未學習到他的千分之一。

各種繪畫和書法等書籍，這裏都很齊全的。如果你需要刻印，建議至少也買一本字典，用來查一下有沒有出錯。好像「廣」字就有不同的字款，「廬」字也有多種寫法，買書本作參考，這些功夫一定要做。

文聯莊裱畫是最好的，有名貴的字畫都可以拿來裝裱。老師傅都會在這裏進行裝裱，所以需花的時間會較長，歡迎大家造訪全香港最好的文聯莊。

地址：中環永吉街29－35號恒豐大廈2樓全層

網址：http://www.manluenchoon.com

哪有男人不愛刀

——新中華刀剪廠

男人，不論你是文人與否，都會喜歡刀劍類產品。

我很喜歡收集小刀，金庸先生也很喜歡的。我和他去意大利米蘭旅行，在時裝店林立的名店街，角落位置就有一家專門販賣小刀的店舖Lorenzi Milano。

當今不能去到那麼遠，到灣仔新中華刀剪廠收集一下小刀也是好的，這裏無論小刀和大刀各有不同的種類，琳瑯滿目，目不暇給。

如果你看到刀子上有水波紋，它的材料就是大馬士革鋼。為甚麼有這種水波紋呢？是因為把很多鋼片摺疊在一起，打出來就會有這種水波紋，很值得收集的。

老闆冼英偉向我一一介紹店內產品，包括有中國製造的日本騰龍刀，刀身鍍銀配珍貴藍魚皮。除了這些用作收藏的刀，還有一些實用的廚刀。

他推介了自家出產的幾款菜刀和斬骨刀，鋒利無比，採用優質鋼材製造，5 cr無毒性。刀子如果雜質過高，切熱的東西時，不銹鋼會產生一些毒素，鋼材夠優質，就不會有這個問題。另一特色是手柄不容易鬆脫，因為是全枝鋼材製造，然後才加上人工力學木手柄，採用的彩木十分耐用。他們這些產品賣三百多元也不算昂貴，有客人用上三十多年，從女兒出生到成長並大學畢業仍在使用着，可說是十分耐用的廚刀。

店內也有一些新奇好玩的貨品，有一個產品，外觀是鎖匙扣，但卻

與新中華刀剪廠老闆冼英偉合照

灣仔新中華刀剪廠，售賣各種不同種類的小刀和大刀，琳瑯滿目，令人目不暇給。

老闆冼英偉一一介紹店內產品

他們自家發明的寵物電剪刀，遠銷到歐洲很受客人歡迎。

有奧秘之處，如不幸遇到交通意外，只需把扣子拉出來，用內藏的刑刀割開安全帶就能逃生，所以有很多人會放一個在車上備用。

另一車主恩物，是針對當今流行的電動車，當逃生時不能打開車窗玻璃，只要用它鋼造的尖撞嘴撞向玻璃的角落，就可以撞爆玻璃，是一款挺特別的產品，在美國和香港都很受歡迎。

我又看到有一個彎彎海豚形狀、像無線藍芽耳機的東西，不知有甚麼用途？原來是預防駕駛者途中睡着容易發生意外的設計，只要把它掛在耳朵上，當頭部垂低至10至15的角度時，就會發出BB聲響作出提醒。這個其實也適合那些打通宵蔴雀或熬夜溫習的人使用呢。

聰明的店主擁有自己的工廠，專門發明一些產品販賣到歐洲，銷量奇好。有種寵物電剪刀就是其中一樣暢銷品，它比一般的電剪刀扭力大，力度雖強但很安全不會弄傷肌膚，人畜均可使用，須知如果使用時令到寵物受傷的話，牠們下次就不願意再給你修剪了。

冼先生又拿出一件有趣的東西給我看，是一條包含了27種不同小工具的手鍊，可以當士巴拿、螺絲批、電話sim卡工具、開瓶器等使用，佩戴在手上挺特別的，可算是野外求生的好工具，厲害之處是可以攜帶上飛機，十分方便實用。

店內有一台迷你勝家Singer的縫紉機，可以讓年輕人知道以前媽媽和婆婆一輩是怎樣縫製衣服，因是手搖推動所以不容易弄傷手，我覺得它比電動玩具有意思得多。還有一個迷你版旅行熨斗，這個我合用，經常要拍攝外景，有了它就非常方便。

「新中華」也有很多設計師都愛使用的日本製造庄三郎剪刀，十分輕巧鋒利，一把可以用上五十年，雖然很多地方都已經停產，但他們每年仍限量推出，所以很受歡迎。

我有一位年長的導演朋友，很喜歡剪刀。我不明白為甚麼一個男子也會喜歡收集剪刀，猜想可能是他的妻子喜歡吧，一旦發現丈夫出軌就可以拿來剪掉他。

想起一個關於倪匡的玩笑。以前他愛花天酒地，我們唬嚇他，可能不知哪一天，倪太會拿剪刀「咔嚓咔嚓」地把他剪掉。我們又笑說，若反正都剪了，就不要浪費了，乾脆洗淨後用刀切成刺身來吃，我們大家都是老朋友不會介意的，金庸聽罷也起哄說：「我也要吃，我也要吃！」哈哈哈，回想起來都很有趣。

地址：香港灣仔軒尼詩道346號昌業大廈地下
電話：2572 3926
網址：http://www.winwinmarket.co

好良伴
——蔡瀾監製的醬料和Kisag火鍋爐具

我監製出品「蔡瀾鹹魚醬」，就是為了方便大家。

鹹魚煎或蒸都很花時間，但我把最上等的馬友拆肉製成鹹魚醬，只要舀一匙放在白飯上，便可以香噴噴連吞幾碗飯。

吃膩了白飯，就改以豆腐配搭，凡是淡味的食物配以鹹味，都是天衣無縫。舀一匙放在豆腐上，就成涼拌菜。要不然把豆腐切片，放上鹹魚醬去蒸，又成另一道美味菜式。方便又好吃，我自己就吃個不停，所以和大家分享。

除了鹹魚醬，我還製作了很多醬料，其中一款是「蔡瀾菜脯瑤柱醬」，用最上等菜脯調製，直接食用或作佐料均可。

對於那些不懂入廚的人，我會教他們做一個簡單美味的菜脯蛋，做給男朋友、女朋友或爸爸媽媽吃，保證不會失敗。

簡單的菜式宜配上輕巧的廚具，Kisag火鍋爐具是不錯的選擇，攜帶方便，適合戶外野餐或家居簡單煮食，不論在任何地方，只需放上鍋後燃氣，就是我的速成教室。

先放幾匙菜脯醬入鍋內，份量隨自己喜歡，很隨意的。做這個菜式需耐心一點，等醬料的油煮出煙和冒出氣泡時，就打入兩粒雞蛋拌勻，蛋汁逐漸凝固時就可以熄火，一碟香噴噴的菜脯蛋就大功告成，無論放在白飯或麵包上都滋味無窮，這是我分享給大家最方便的吃法。

其實Kisag也生產了多款輕巧實用的爐具，其中有一款小鍋爐，分別有銀、紅、黃、青這四種金屬色，撕開爐頭後面的貼紙，將瓦斯氣體灌進小孔去，點火就可以使用。它們的多功能燒烤一體鍋，是燒烤恩物、設計典雅的豪華版金色迷你涮涮鍋，同樣使用方便，煮食已成樂趣。

蔡瀾的花花世界網址：https://www.chualamscolorfulworld.com/tc/product.php

kisag網址：https://kisag.ch/en/about-us/swiss-made/

父親喝的茶

——堯陽茶行

如果要我介紹茶莊，就一定是堯陽茶行，已光顧了幾十年，名字古雅，茶又清香。

受朋友所託要買鐵觀音，於是跟老闆王守忠一邊品茶一邊研究，我們先試鐵觀音，然後再試水仙吧。師傅泡茶技術一流，他把茶杯疊起後倒沸水先沖洗一下，然後每隻茶杯再次清洗，別看他手勢輕鬆純熟，其實沸水很燙手，要有鐵沙掌的功夫才能做到。師傅輪流打圈斟四杯工夫茶，這就是「關公巡城」和「韓信點兵」。淺嘗之下，入口回甘，我

已光顧了襄陽茶莊幾十年

在店中喝完茶後即使回到九龍的家中，那甘味仍留在口腔久久不散，很厲害，令人一喝上癮。

喝水仙的秘訣是先把零碎的茶葉放進茶壺內，再把粗一點的茶葉鋪在上面，相等於隔了一層，這樣茶倒出來時就不會有茶渣。以前聽老人家說，如果空腹喝茶會茶醉，那醉了後，用甚麼來解呢？原來就是用水仙，以茶解茶。

這裏除了販賣水仙之外，也有

販賣其他茶葉，如果你問我會到哪裏買茶葉，我會答蕘陽，價錢公道，質素又高。一包四両散裝的普洱，只售六十七元五角，絕對喝得過。

這裏的鐵罐裝茶葉，是父親當年常喝的，罐上的人物畫和字，原來自一九六〇年代沿用至今，今日重遇很有親切感。鐵罐茶葉中最名貴的要數萬年春奇種，每罐一百克，售價六百大洋，對我來說已經是昂貴的，但是在中國大陸，這個價錢買不到同樣上等的貨色。對我來說，能喝到這個級數的茶已經足夠，亦不算奢侈。

要找貴價的普洱，這裏有一九八六年產的，一塊茶餅售三萬五千元。雲南七子餅售價也不便宜，因為是古老品牌有一定保證，茶餅何時出產的，身世如何，統統都可以查得到。

我們不是專家，不知道為何茶葉會這麼貴，總之就是年代越久遠，就會變得昂貴。茶葉就是這樣，每四至五年便會發酵一次，每一次發酵就會昇華，有些幾十萬、幾百萬一餅的。如此昂貴！難道你買回去會天天喝嗎？哪有人會每天喝這些價格的茶？以前我在裕華百貨，買一餅才八塊錢而已，如果當年有積存下來的話，當今不知道值多少錢了！我真的不懂茶，或者說，我懂得茶的味道，但是不懂得茶的價錢。

上環這些茶莊，在經營生意上有一種傲氣，他們跟你熟絡後，會把你當成老朋友，甚麼都可以討論；但如果不熟悉的話，來到店舖也不怎麼理會你。不過你來這裏買茶，一分錢一分貨，一定不會被欺騙。所以你相信哪一間茶莊，一直在那裏買就可以了。

羲陽茶行

地址：上環文咸東街70號地下

延續車仔檔的老字號

——檸檬王

在上環永吉街，從皇后大道中的入口行進去，就可以找到「檸檬王」。上一任老闆唐伯最初由小販車開始經營，傳承到兒子唐崇超時，發生了一個小故事。

因為唐伯是這個流動小販牌照的持牌者，不能轉傳給兒子，當超哥接手生意時，被食環署說無牌經營還拘捕了兩次，也充公了小販車，其間足有九個月超哥都不敢開檔。徬徨無助之下，超哥最後聯絡我，請求幫忙寫信給當時食環署署長卓永興，看能否發牌照給他。卓署長研究過之後，覺得「檸檬王」也是香港的老牌子，不應就此消失而幫忙處理，在那次事件後，我們不打不相識，成為好朋友。

過往永吉街有很多遊客前來光顧，但當今遊客漸漸消失，也沒辦法了。以前遊客多的時候，有人提議「檸檬王」在附近開間旗艦店，那時候他們還沒有招牌，我就幫忙寫了一塊。

旗艦店裝修精緻，展示了多年來獲得的不少獎項，把以前的包裝也一一陳列出來。當今「檸檬王」已設計了現代化的包裝，方便攜帶和儲存。並已由一個單一產品，發展出多款種類。當大家想起零食，或是想祛痰止咳、清熱排毒，都可以到他們的店子光顧。

我有時候會去「檸檬王」買大話梅，它的體積像一個五元硬幣。老陳皮也具有一定的年份，略為醃製過的，直接食用有療效，可以幫助舒緩咳嗽。大家都說我經常幫「檸檬王」宣傳，這間店是不是你經營的？

你有沒有股份？絕對沒有，就是我去買東西也沒有折扣。老闆為人公正誠實，如此挺好，我喜歡這樣做生意的人。

超哥在一九九九年開始協助父親打理生意，已經接手經營二十多年了。轉變是以前是車仔檔，自從二〇一八年，兒子幫忙經營，他想把生意再做大一點，便擴展了這間旗艦店。當今產品多了很多款式，以前只賣兩種零食：檸檬和檸汁薑，因為唐伯認為多賣其他產品會變得雜亂，但漸漸客人覺得只吃檸檬和薑已經厭倦了，希望有其他選擇，因應客人的需求，超哥和兒子便研發數十種新產品，推出市場。

他們的禮盒裝是代表作，款式百搭全部是小包裝，用作送禮大方得體。

檸檬是他們的主打零食，採用比較薄皮的泰國青檸製作，因味道較清香，不過要選取無核的那種。首先把檸檬磨皮，然後用鹽醃製大約九十天，就會變成檸檬胚。檸檬胚非常鹹不能直接食用，先要漂水把味道浸淡，然後拿去乾曬，收乾水份。接下來開始煮糖，用糖醃製檸檬，這個步驟會稱之為「食糖」，也有人說成「浸漬」。「食糖」後的檸檬還要再曬乾，曬至差不多乾身，待糖份滲透檸檬，之後再加上香料，便可以在市場銷售了。

他們的檸檬很大片，我喜歡撕成小塊的吃；它還附有一包甘草粉，喜歡的話，可以灑在檸檬上面，味道更為甘甜，但不加甘草粉也很好吃。

當今遊客少了，生意相對差很多，這店有個好業主，因為「檸檬王」具代表性，他體諒並主動減租。業主這種同舟共濟的精神，我十分欣賞，香港人也應該向他學習，不要令小商戶經常承受租金壓力。大家一起共渡難關，遊客雖少了，我們本地人應該多來支持，令「檸檬王」

可以一直經營下去，這是香港的光榮。

「檸檬王」

地址：上環永吉街18號地下

電話：2513 8139

網址：www.lemonking.com.hk

陳意齋和中國龍

每逢到中環，最喜歡往陳意齋買零食，有這個習慣，轉眼已幾十年了。

店內的貨品，都是我從小吃到大的，充滿着回憶。當中有最普通樸實的蛋黃餅、悠久歷史的雞仔餅、放在一個個大玻璃瓶的齋燒鵝和杏仁餅等，都是老字號。我對罐裝杏仁餅的包裝印象深刻，更懷舊的包裝要數杏仁霜和杏仁露。我常買的是杏仁露，小時候覺得有種略似蟑螂的味道，但當年紀大了，喝的時候就沒有相同感覺，覺得很好喝；它是淡黃透明的，用甘草、杏仁和川貝熬製而成的，對止咳十分有效。

一定要推薦陳意齋的鎮店之寶扎蹄，分有蝦子和素食的。扎蹄充滿蝦子，要吃過才知道是如何真材實料。吃齋的人可選素扎蹄，同樣只是由一張腐皮摺疊而成的，但是陳意齋做得那麼仔細緊緻真的很難得，在香港其他的地方找不到這麼好的。扎蹄吃不完的話，放在冰箱可以儲存四天。如果不是熟客的話，老闆會直接整條賣出，但遇到我們這些老朋友的話，有時會幫我們切好，每當我肚餓的時候，就會來買條醫肚，吃個不停。

另一招牌零食燕窩糕，含有三分之一燕窩，再混合雲片糕製成，稱得上價廉物美，但因為沒有防腐劑，所以一定要在六天內吃完，要不然會壞掉，這是唯一的缺點。對喜歡的人來說，一下子就會吃完，哪會等到壞掉。

這些小食既健康又是香港製造，大家要多多支持。我大力推介陳意

陳意齋的貨品，滿載我童年回憶。

淡黃透明的杏仁露，用甘草、杏仁和川貝熬製而成。

招牌零食燕窩糕，含有三分之一燕窩。

齋，老字號，老產品。

上環的「中國龍」是一間很特別的店子，我同樣經常光顧，看看有甚麼新奇的好東西。

「中國龍」老闆只會賣最好的東西，不好的不拿出來賣。

他們會挑選中國大陸最好的東西來賣，他們售賣的番薯非常香甜，紅江橙吃過才知有多清甜，邯鄲出產的優質核桃、天津甘栗、豆豉和麵條等應有盡有。

老闆是馬來西亞的華僑，除了賣國產貨，榴槤當造時也會賣優質的貓山王，稱得上是榴槤專家。

老一輩才會懂的茶仔頭，是山茶樹的種籽經榨油後所留下的殘渣，把它和水混合用來洗髮，有去頭皮、止痕癢和驅頭風等功效，我的母親和奶媽也是用它，是懷舊又天然的洗髮用品；也可以買野生茶花籽油，

中國龍的老闆只會賣最好的東西，不好的不拿出來賣。

握住花椒木枴杖，它滲出的油對身體很有益。

廣西出產的正宗沙田柚，香氣四溢又清甜。

除了有護髮止癢的功效，還可以潤膚、防曬和去斑等。這些對頭髮非常好的東西，都可以在這裏找到。

我們用枴杖的人就會知道，花椒木就是四川人常吃的花椒原木，只要握住花椒木，它便會滲出油，這些有益的物質就會由你的手傳至身體，懂得的人就會知道它是寶。

這裏有純正麥芽糖，還有川貝老陳皮冰糖燉檸檬，也是十分正宗的。在別處難找到的新會陳皮，這裏也有。老闆娘極力推介以古法製造的支竹，浸泡半小時便可以食用，而且豆味十分香濃，所以如果吃羊腩支竹煲，我推薦來這裏買，錯不了的。

廣西省沙田村出產的才是最正宗沙田柚，切開後香氣四溢，充滿整個房間，雖果核很多但真的很甜，的確與眾不同。

中國龍的老闆喜歡甚麼就賣甚麼，賣的都是真材實料，大家不妨有空去逛，會發現很多意想不到的好東西。

陳意齋
地址：中環皇后大道中176B號地下
電話：2543 8414
網址：www.chanyeejai.com.hk

中國龍
地址：上環皇后大道中283號聯威商業中心地下A舖
電話：3158 0203

應有盡有的泰國雜貨店

——昌泰食品

說到九龍城第一間泰國雜貨，始祖就是昌泰食品，他們在這裏經營幾十年了，初期是林氏兄弟的父親，他看準了市場需要，開設雜貨店。那時候香港機場就在對面，泰國的飛機一抵港，就可以馬上卸貨給他們；當今很多高級的泰國餐廳，都是在這裏進貨，因為他們的貨品最齊全、最新鮮。

這裏應有盡有，我最喜歡來掃貨。蝦餅、菠蘿蜜乾、泰國小吃等，以至拜神用的大象、佛像都有。

林真香是潮州人在泰國開設的一間專賣豬肉乾、肉條和肉鬆等的店舖，在泰國唐人街總店當然有售，而這裏也有販賣並種類繁多。冷藏櫃放滿了泰式甜品，有種叫亞答子，是南洋屋頂上鋪的亞答葉種子，用糖醃製過，甜甜的，很煙韌。發現有種袋裝的雞蛋麵，煮來吃別具風味。誠意推薦給大家是這裏的泰國河粉，非常幼細滑嫩。存放在冷藏櫃的青胡椒串很新鮮，青胡椒初次輸入歐洲時，小小一串的價格和黃金一樣昂貴，當今我們就用來煮咖喱。

店內的椰子產品種類也十分豐富，椰油是按摩用，又如果不喜歡椰子的味道，可以選擇野花油。我喜歡買一罐椰漿混着奶油來做雪糕，口感特別香滑。各式醬料也有不少，班蘭葉做成的果醬，可以塗在麵包上吃，充滿南洋風味。黃咖喱醬和紅咖喱醬，舀數匙混合着雞肉或其他肉類炒熟，熄火後加椰漿就成為咖喱。這店也有售一種我從小吃到大的蝦膏峇拉煎（Belacan），是馬來西亞製造的，買回去後拆開切一小塊，用火加熱，擠少許檸檬汁和一點糖，鮮味十足。

這裏有各種不同牌子的辣椒醬，琳瑯滿目，總有一款適合你的口味。泰國有很多潮州人，所以他們也做普寧豆醬，結果衍生出泰國豆醬。

五花八門的產品中，枕頭和蒲團款式也有多種，連我們小時候用的搪瓷碟子也有。編織得十分漂亮的小竹籠，是用來煮糯米飯的，湊近可嗅到陣陣葉子的香味。

日常用品方面，外形像萬金油的小藥油，用作防蚊叮蟲咬。泰國人很少用擠壓式的牙膏，他們愛用牙粉，我小時候也用過，把它倒在碟子裏，牙刷濕水後再沾着些來刷牙。

念念不忘是泰國手標紅茶（Cha Tra Mue），它是獨立茶包，泡着熱水就能喝了。綠茶和速泡紅茶也有多款，如果不嫌麻煩的話，可買一大包的來泡，只售三十五塊錢，用匙子舀取一點，再加水就成了，好喝得叫人上癮不能不喝。

總之凡是關於泰國食品、拜神用品等等，請來昌泰選購，他們是泰貨專家，應有盡有。

地址：九龍城啟德道25－29號地下
電話：2382 1988

城南道的小曼谷

九龍城的城南道有很多泰國商店集中在一起，所以有「小曼谷」的稱號。每逢星期天這裏都會有和尚來化緣，情況跟泰國差不多。

信步來到「同心泰國雜貨批發」逛逛，店內有熟食販賣，其中竹筒飯買回去可直接破開竹筒食用，或是先燒一下再吃，熱騰騰的。也有現成的咖喱、雜菜等，即食米粉買回去可以配咖喱吃。

泰國出產很多不同種類的茄子，無論煮咖喱或其他菜式都會用到；大大小小不同種類的也有，迷你茄子就很可愛，白色、黃色和淺紫色等的茄子，這裏都齊全。

同心泰國菜館做的滷豬手味道，跟泰國路邊吃的一模一樣。

我介紹一種以前是野生，當今是種植的迷你苦瓜，給喜歡吃苦瓜的人，雖非常苦但出奇地好吃。野生苦瓜在台灣能買到，但在泰國只能是種植的。

另一樣推薦給大家的是皺皮檸檬，在湄公河旁就有這種檸檬樹，泰國少女洗澡前會去摘一顆用來洗頭，用它來擦頭皮，頭皮就不會癢了。我有一個朋友的女兒頭皮癢得很，用坊間的洗髮露也解決不了，直至她買了皺皮檸檬來擦就馬上痊癒了，所以這個泰國特產是最好的護髮「寶」。

店中又有一條條或一粒粒的生豬肉售賣，真空包裝。為甚麼豬肉能生吃呢？秘密就是用了很濃的醋來醃，因為醋能把細菌都殺死，袋內附有的一顆綠色「深水炸彈」指天椒，吃了可以殺菌，所以你的肚子像我這麼強壯的話，吃生豬肉也不用怕，如果是嬌生慣養的朋友，我便不敢肯定了。

喜歡吃魚露的人，當然會選潮州魚露，因為潮州是發源地，但傳到泰國和越南後，又有不同的改變：越南魚露的魚腥味比較重，泰國魚露就沒那麼腥。我去旅行的時候，和尚袋裏必帶備一枝迷你裝魚露，遇到不合胃口的菜式，隨時可以拿來調味。本地的泰國人就大力推介那種瓶身有一隻鮑魚圖案的鮑魚牌魚露，他們說是最好的，要買一枝回去試試，一試就知道好不好。

要隆重介紹泰國船粉（Boat Noodle），又稱「遊船河」或船粉。它是甚麼東西呢？最初是通過穿越曼谷運河的船隻供應的食物，小販把鴨血加到湯裏煮，價廉物美廣受食客歡迎。船粉要買Thai Aree這個牌子，他們的船粉做得特別好。又如果不想吃河粉，只想煮麵或其他食物，就用樽裝的醬料來做湯底吧。

潮州人喜歡吃鹹酸菜，傳到泰國就創造了有一隻鴿子標誌的和平牌，味道爽脆可口。

我很喜歡吃「同心」他們的白焓花生，二十塊錢一包，每次看見都必買吃個不停，大家如果看到有售也不要錯過。老闆強烈推薦一種泰國的迷你菠蘿，說甜得不得了，他們賣的已削好皮，膠袋內有幾個，我問吃過的朋友，都讚不絕口。

每逢星期日「昌發泰國粉麵屋」，會準備很多泰國人的便當、一些和尚袈裟和日常用品等，給善信買來奉獻給和尚，和尚會帶回寺廟再分給別人；除了分開散賣的，店子還有些像送禮果籃形式的，當中已包羅萬有，事先包裝好，方便顧客購買。

掃完貨就順道到「同心泰國菜館」吃東西，他們的味道很正宗，客人大多數是泰國人。這店做的滷豬手味道跟泰國路邊吃的一模一樣，而放在豬手下面的鹹酸菜，吸收了滷汁的精華更是美味。

船粉是這裏的另一道特色食物，看它湯底是黑褐色，以為賣相不好，原來是加了鴨血去熬煮的緣故，味道鮮甜當然是非常正宗。最後就是吃我最愛的泰式拌麵，有大蝦、鮮魷和青口等海鮮配搭，吃的時候要有一個五味架，澆混着指天椒的魚露到麵上就可以吃了，吃得麵條快從耳朵流出來。

昌發泰國粉麵屋

地址：九龍城城南道25－27號地下

電話：2382 5998

同心泰國雜貨批發

地址：九龍城城南道21號地下

電話：2718 8359

同心泰國菜館

地址：九龍城打鼓嶺道11－13號地下

電話：2716 4588

思鄉情懷的潮州美食

無論是潮州食品或潮州人，都是九龍城最多。香港有大概一、二百萬的潮州人，但到了第二代、第三代的後人，大多數已不懂得潮州話了。保留得最多潮州傳統的地方，就是九龍城。

「潮發」是區內數一數二歷史悠久的雜貨店之一，這間店計算一下也有七十多年歷史。中國人去到哪裏都會先開雜貨店，潮州人也不例外。

只要關於潮州的東西「潮發」都應有盡有，一些很傳統的東西也能在這裏買到，例如燻鴨，是用甘蔗去煙燻的。在別處找不到的有薑薯，是一種外形像淮山長滿毛的植物，潮州人視它為寶用來做糖水，不是潮州人不懂得欣賞的。

潮州鹹菜是把芥菜泡在大甕缸的鹹水裏，所以是一甕甕來貨。我們吃炒薄殼，是要加上這些鹹菜汁來炒才好吃，因為炒薄殼時加鹽也沒有用，但加鹹菜汁就能夠很快入味。即使不是薄殼的當造季節，店中也有剝了殼做成的薄殼米，這些都是很典型的潮州食品。

除了潮州進口的食材，還有老闆自家製的粿，粿即是潮州人的茶粿，鼠殼粿是甜的，其他還有韮菜粿和紅桃粿，都是很典型的潮州小吃。更加典型又其他省份的人不懂得欣賞的，就是清心丸。加到糖水裏煮口感煙韌，但它的成份有少量硼砂，以前是禁止販賣的，其實我們已吃了很多年都沒有事。形狀一點也不像丸子，四方形的，非常具潮州特色。

潮州人吃粥一定配鹹菜，除了那些整個的鹹菜，也有老闆自己用大芥菜醃製的，有些偏鹹有些偏甜，勝在新鮮好味。有一樣典型潮川食品，但卻令人聞之色變的就是麻葉。相傳是大麻的葉，其實是另外一種麻，用鹽醃製過後就可以炒來配粥吃，味道雖古怪，但潮州人懂得欣賞很喜歡吃。潮州人思鄉的時候，都會專程來買這個配粥吃。

以前的雜貨店主要是賣米，這裏有不同種類的米供應。早年潮州沒有工廠及工業生產，人們生活非常貧窮困苦，但潮州人很堅毅勤力，遠赴南洋做生意。以前的潮州人有「黑白兩道」，黑就是賣鴉片，白就是賣米。因為來自貧窮地區會被看不起，所以組織成黨派來保護自己，但這些都已成為歷史了。

開門七件事，所有東西都能在潮發找到，這是一間非常難得的雜貨店。有甚麼需要就來請教老闆，他時刻守着店子是一流的朋友。

有雜貨店就有滷水店，滷水鵝、鵝血和鵝舌等，按喜好斬件買來配粥吃，「澄海老四」的老闆和我是好朋友，我們相識了三十多年。

他們的燒滷鵝和滷鴨等都很有水準，我最喜歡的就是滷豬耳，很有風味。

順道到「葉盛行」找老香黃。潮州人把佛手瓜拿去醃製了的就是老香黃，醃得越久越好，你可以買散裝，這裏也有樽裝販賣。

「元合」是九龍城中一間最歷史悠久賣魚飯的店。以前的潮州人很窮，窮得沒有米飯吃，但海裏有很多魚，他們捕到魚就用鹽水煮一煮，當作飯來吃，所以就叫做魚飯。

店內有各式魚飯，池魚、大眼雞、牙帶、馬友和荀仔等，他們的烏頭沒有泥土味，黃腳鱲更難得一見，老闆把魚飯分門別類放在籮筐中，方便客人挑選。我已光顧了幾十年，最喜歡到這店買魚飯。他們還有自家製魚蛋、魚片、魚角和魚卷等，剛炸好熱騰騰，深受客人喜愛。

九龍城確實是保留最多潮州傳統的好地方。

潮發白米雜貨
地址：九龍城衙前塱道46號地下
電話：2382 0555

汕頭澄海老四滷味專門店
地址：九龍城衙前塱道50號地下
電話：2382 3792

葉盛行食品公司
地址：九龍城衙前塱道68－72號昌盛大樓
電話：2383 0895

元合
地址：九龍城衙前塱道72號
網址：https://yuenhop.com

價不高開　貨不低就

——金城海味

當年初次到埗香港時是二月，看到街上很多人穿藍色的棉褸，記得那時廟街附近有兩間很著名的海味店，很多人在搶購年貨過新年。當今我搬到九龍城居住，最熟悉的就是這間「金城海味」，過新年前一定光顧。

他們在門口懸掛着的天九翅很壯觀，有時候和一些喜歡吃魚翅的朋友聚餐，我會買一隻很大的魚翅，拿去「創發潮州飯店」叫他們者，浸發後魚翅又長又粗好像吃麵一樣，但當今社會提倡環保，已較少人吃了。

我和老闆林伯林金城已成為好朋友，當今他的兒子也一同協助打理業務。「價不高開　貨不低就」代表金城的營商宗旨。

過新年第一件事，就是買一罐我朋友鮑魚商Urs Heggli的品牌「鮑中寶」，金色罐裏面有一隻完整的鮑魚，紅色罐是一隻半的藍鮑魚（生長在七、八米海床），黑色罐是黃鮑魚（生長於六十至七十米深海），紅罐和黑罐價錢都是一樣的，看你喜歡哪一種。

乾鮑有極品的神戶網鮑，約一萬多元一隻。我們叫鮑魚是用「頭」來分類，一斤一粒就是一頭，一斤兩粒就是兩頭。

你能想到的年貨都能在金城買到。林伯這裏最多的就是花膠，買花膠要講學問，林伯拿出超過五十年的極品湛江鰵肚公，盛惠二十八萬八千元。以為這個已很厲害，還有一對鴛鴦花膠才是最厲害，一隻公一隻乪，中間有坑紋的是公；這一對珍藏曾是嫁妝，已超過一百年歷史了，綑着花膠的繩子，是當年廣州市四大百貨公司專用的，當今已沒有人會用這種繩了。

不是內行人是不懂分辨花膠的質量，當今科學昌明，市面上很多東西也有假的。很多經過加工後，一般人難以分辨，要累積了幾十年功力才會懂，所以要靠這些專家，有可以信任的人，才能買到貨真價實的花膠。吃優質的花膠對身體有益，我們當是藥物來吃，進食後，有關肚子的毛病都可以解決。林伯推介一種受客人歡迎的花膠，整隻通透有紋理，賣八千元一隻；要大眾化的，有一包一磅，價值七百多元。多光顧變相熟了，就可以請林伯幫忙浸發；或買真空包裝已浸發了的金龍肚，最經濟實惠五百多元一包。也有百多元的雖未必有療效，但勝在有口感，適合做火鍋材料。

每逢過新年前，我一定來金城買海味。

「價不高開　貨不低就」代表金城的營商宗旨

別以為海參不好吃，金城的婆參外形巨大，一泡可以脹大四、五倍，吃起來好像吃肥豬肉一樣豐腴，但口感爽脆，約一千五百元一條也算便宜了。要更便宜可買一百六十元的真空包裝，用來做火鍋也是不錯的。

乾貝已比往年便宜了，我入廚愛以本傷人，放五顆乾貝加蘿蔔和豬腲一起煮，這煲湯一定很鮮甜。

龍躉皮很少見，攤開的面積像一張飯枱般更罕見。以前鏞記的甘先生很擅長泡龍躉皮，吃過都讚不絕口。

金城的珍寶何其多，他們還存放了很多老陳皮，林伯如數家珍新會哪個果皮王做了五代。按照新會做果皮的人說，最多不會超過十年，種植三年就開始有果實，第五年就最多的，到第八、第九年就開始少了，所以這些果皮是特別小的。就算是最大塊的也很薄，薄得照得見人，有些太薄的，掉到地上幾乎撿不回，一拿起來已粉碎。

他們珍藏了一罐超過一百年的陳皮，售五千元一両，直接食用已感覺到它獨有的回甘，治理咳嗽或口喉不適很有療效。這些果皮在三十年內是最香的，三十年後就開始不香，所以我們吃三十年的已很有水準。

他們賣的日本蠔油，九十元一枝，是我的入廚恩物。老闆娘林太是一個廚藝專家，我常向她請教有關煲湯或烹調的知識，她都樂意詳細解答。

來到專賣鮑參翅肚的金城，會令人滿載而歸。

金城海味

地址：九龍城衙前塱道44號地下

電話：2383 3056

上海新三陽南貨店

要做上海菜，當然要到九龍城的上海新三陽南貨店買材料，我光顧他們數十年了，貨品很齊備，是南貨極品。

上海年糕分現成和水泡兩種。中國年糕比日本的難煮，原因是很難煮得熟，大家誤以為日本年糕比較硬，但其實一煮就軟腍，很容易軟爛。至於榨菜，我比較喜歡台灣榨菜，它沒有那麼鹹，比較偏甜。看到一大塊麩在販賣，如果看到有人是用刀切的話，就知道那是外行，內行懂得用手撕才好吃。

要買醃篤鮮的材料：醃肉、新鮮豬腰、冬筍、百頁結外，還要加上一款叫扁尖的乾筍尖，雖有一點鹹，但筍味是十足的。

醃篤鮮的材料：醃肉、新鮮豬腿、冬筍、百頁結、乾筍尖。

買瓶太雕酒，划算又好喝。

醃就是指醃肉，即鹹肉；篤是指冬筍；鮮就是新鮮豬肉。

自己煮烤麩太辛苦了，買現成由老人家煮的最好吃，先用手撕再用很多油去泡。油燜筍還是熱騰騰，哪管廣東人說有毒，吃了這麼多年也沒有事，馬上買一盒。寧波舟山海蜇頭，現成的沒有味道，要買回去自己加工。熏魚、黃泥螺和鴨腎我都愛吃，統統買回去。再買些由上海直送的蔬菜，甜椒、馬蘭頭、薺菜和草頭，以前是野生，當今都是種植的。

下廚宴客當然要美酒佳餚，不需名酒，買瓶太雕酒既划算又好喝，才五十五塊錢。

買了材料動手做名湯醃篤鮮和蝦腦豆腐。

先煮醃篤鮮，鹹肉鹽份很多，可以汆水久一點，或汆水多兩次也可以。冬筍切開一片片拿去汆水，百頁結也一同汆水，最後把醃篤鮮的材

動手做名湯醃篤鮮和蝦腦豆腐

油燜筍、海蜇頭、熏魚、黃泥螺和鴨腎，是最佳的餐前小食。

上海菜和太雕酒是很好的配搭

料統統放到鍋中煮。

開始做海蜇，用意大利陳醋或普通陳醋泡都可以，但意大利陳醋是有一點鹹、一點酸、一點甜，拌勻後就已經可以盛上碟子了。

蝦腦豆腐是一道很傳統的菜，已經失傳了，沒多少人會煮，朋友的媽媽會煮，但要花很多工夫，我會煮一個簡單版。

鍋熱下油煮豆腐。蝦腦，就是要用蝦的頭，把牠的油逼出來，但我的做法很簡單，買現成的紅蝦油省工夫，澆到豆腐上已散發陣陣香味，削些烏魚子，再捏碎一些添口感，這時出動我的秘密法寶蝦籽粉，撒一大把後熄火，就完成了簡單版的蝦腦豆腐。

涼拌菜是倪匡最喜歡吃的即食鴨腎，切開薄薄的一片，甘香可口吃個不停。再吃黃泥螺，一吸一吮便會滑進口裏，做下酒菜就最適合。人們對紹興酒有一些誤解，以為要加話梅，其實這只是台灣人的做法，他們不懂製作紹興酒，結果做出來很難喝，就拼命加話梅、加冰糖，好的紹興酒本來就有一點甜，也不必加熱，直接常溫喝。

自己動手做上海菜，一樂也。

上海新三陽南貨

地址：九龍城侯王道49號地下

電話：2382 3780

將冰鮮化為新鮮
——錦記鮮蝦

我有一位老朋友在九龍城賣活魚，她便是我認識了幾十年的雷太，現已退休，但很多老朋友還是要來找她，於是就來她兒子開的「錦記」助陣。她的兒子是威哥雷國威，我也是從小看着他長大的，他亦是賣鮑魚的專家，店內貼了一張他的宣傳大海報，站在如山般高的鮑魚殼前。

在疫情之下我們會買很多急凍食材回家，來找威哥沒有錯，他當今是專家來的。

說到冰鮮，我第一時間想起的就是鮑魚，最大隻是澳洲青邊鮑，通常是一頭鮑，也有一至二頭，二至三頭和三至五頭，是以磅數計算的，我通常會購買一頭鮑。

如果說罐頭鮑魚，墨西哥出產的是最優質，那麼急凍鮑魚，吃我稱為「大面鮑魚」的南澳洲青邊鮑，已經算是頂級了。有整塊臉那麼大，但價錢這幾年都沒上漲。

通常我愛用燉盅來燉鮑魚，如果不想燉，煲也可以，但要加上一塊豬脹來增加鮮味。鮑魚的邊燉完會很軟腍，中間那塊肉卻變硬，解決方法就是去雜貨店買一把大肉鎚，它有一格格的凸位，用來打鮑魚中間的硬肉；或者用家裏的錘子不停錘打，打鬆了再拿去煲，整塊就會軟腍。用我這個方法處理後，加些醬油和糖去煲，煲熟之後再切成一片片，是不錯的下酒菜。

蝦也是我經常會買的，錦記主打賣幾種蝦。威哥先推薦，被譽為馬來西亞國寶的老虎蝦，挺好挺大隻；但一山還有一山高，另一種同樣來自馬來西亞的老虎蝦，有小朋友的手臂般粗，有些人誤以為是大頭蝦，但其實不是，大頭蝦是另一種；這店有賣專煮泰國冬蔭功用的大頭蝦，牠可以烤熟後用湯匙勺蝦腦來吃，整個蝦頭充滿蝦膏很鮮甜。

烹調急凍蝦，要先從冰格拿出來，放在鋅盤沖水。可以拿一塊毛巾包着蝦頭作保護免蝦膏流失，像是替牠洗澡一樣地沖水，沖到解凍了就可以。

威哥了解很多香港人性急，於是和澳洲出口商研究了很久解凍蝦的方法，最後藉助他們的速凍方法生產了澳洲老虎蝦，雖體積沒馬來西亞的大，但也是海中捕獲的。澳洲老虎蝦最大的賣點是，要吃多少隻就取出多少隻，根據包裝盒上圖文並茂的解說，從冰格拿出來後浸水十分鐘，就已經可以當作新鮮蝦來烹調，方便又快捷。

我跟雷太和她的兒子雷國威已認識多年

急凍鮑魚，吃我稱為「大面鮑魚」的南澳洲青邊鮑，已經算是頂級了。

全世界的鵝肝，絕大多數是來自匈牙利。

要吃日本刺身牡丹蝦之類，威哥推介加拿大的牡丹蝦（Spot Prawns），一樣有蝦膏但蝦肉是刺身級，解凍跟澳洲老虎蝦一樣，取出要吃的份量，放在室溫水中，大約浸泡十分鐘左右便完成解凍了。

愛吃帶子的人，住在香港有口福了，因為世界各個產地都會進口到香港。我在家也常吃帶子，要吃刺身級，北海道是不二之選，最愛吃較大的3L，牠們不止厚肉，吃起來和新鮮刺身的口感是一模一樣；不生吃可用平底鑊煎一煎就可以了。

錦記賣的北海道帶子是頂級的，價錢雖貴但我最喜歡吃。他們也有價錢相宜的澳洲帶子，分別有一公斤和兩公斤裝；兩公斤裝約有二十至四十粒帶子，雖不是刺身級不能生吃，但質量也是不錯的。澳洲人有生意頭腦，他們也推出迎合小家庭的二百五十克小包裝帶子，幾口子吃火鍋時都很方便。

說起火鍋，通常都會想起牛肉，他們也有美國的牛小排、牛板腱和牛頸脊等，一片一片的二百克一包，適合用來吃火鍋。我覺得三五知己相聚，特別是年輕人喝酒時，吃這個是不錯選擇。

鵝肝也有販賣，通常說到鵝肝我們會想到法國，但全世界的鵝肝，法國產的只佔5%，其他就是來自匈牙利。烹調鵝肝簡單煎一煎就可以了，因為很油膩，如果家裏有果醬就放一匙下去一起煎，這樣就會解膩，這種匈牙利鵝肝值得一試。

店內的冷凍櫃還有叉燒販賣，是香港製造的，用的是脢頭肉，聽說它的味道很不錯，重點是不會很鹹也易入口，無論蒸或焗都很方便，三百克只售七十八元也吃得過。

人們一聽到急凍、冰鮮就會害怕，但是如果你在外國居住一段日子就知道，他們每家人也會有一個大急凍櫃，甚麼都用急凍的，如果你要求不是太高的話是沒問題的。

他們也有賣我喜歡吃的羊架，來自英國的。煎一煎再放大量蒜頭在底，羊架放在蒜頭上方，把它煮熟便滋味無窮了。

要烹調更方便的有急凍鰻魚，做飯時原條放在飯上煮，因為裏面已經有燒汁，直接澆在飯上，方便又好吃，不用另煮多一個菜式。

因為有客人尋找我的「花花世界系列」醬料，所以這裏也有出售。威哥笑稱有客人高興表示踏破鐵鞋終於找到了，所以他們做了一個專櫃放我出品的醬料，很受歡迎呢！

錦記鮮蝦

地址：九龍城侯王道75號地下

電話：2382 0997

網址：https://www.kamkeeseafood.com

蔡瀾作品

蔡瀾的緣
草草不工
蔡瀾談日本
蔡瀾再談日本
蔡瀾三談日本
蔡瀾四談日本
蔡瀾五談日本
蔡瀾六談日本
蔡瀾七談日本
蔡瀾八談日本
苦中作樂
蔡瀾續緣
海外情之一：西班牙
海外情之二：印度、泰國
海外情之三：南斯拉夫
海外情之四：澳洲
不過爾爾
忙裏偷閒
玩物養志
附庸風雅
海隅散記
無序之書
放浪形骸
蔡瀾談電影
吐金魚的人
一點相思
蔡瀾隨筆
給亦舒的信
追踪十三妹（上）
追踪十三妹（下）
不修邊幅
給年輕人的信
給年輕人的信（二集）
給年輕人的信（三集）
給成年人的信
客窗閒話
十字街頭
霧裏看花
街頭巷尾
半日閒園
山窗小品
花開花落
癡人說夢
狂又何妨
百思不解
吶喊，徬徨
醉鄉漫步
撫今追昔
老瀾遊記
老瀾遊記（二）
老瀾遊記（三）
老瀾遊記（四）

老瀾遊記（五）
老瀾遊記（六）
老瀾遊記（七）
老瀾遊記（八）
老瀾遊記（九）
老瀾遊記（十）
繡花枕頭
一樂也
二樂也
三樂也
四樂也
五樂也
六樂也
七樂也
八樂也
九樂也
十樂也

秋雨梧桐
虛無恬澹
抱樸含真
夢裏奔波
前塵往事
笑話和趣事
病中記趣
四位老友
雨後斜陽
松下對弈
淺斟低唱
撫琴按簫
掃雪烹茶
小雨移花
倪匡閑話
御風而行
紅塵深處

煙蘿飄飛
蔡瀾的鬼故事（上）
蔡瀾的鬼故事（下）
老友寫老友（上）
老友寫老友（下）
一趣也
二趣也
三趣也
四趣也
五趣也
六趣也
七趣也
八趣也
九趣也
十趣也
蔡瀾食典
蔡瀾食典（後篇）

蔡瀾的生活方式（I）
蔡瀾的生活方式（II）
蔡瀾食單1（一至四冊）
蔡瀾食單2（五至八冊）
麻辣愛情
好色男女
蔡瀾談日本珍藏版（盒裝八冊）
蔡瀾世界名饌錄
蔡瀾歎名菜
吾愛夢工場（一）
——蔡瀾的電影現場
吾愛夢工場（二）
——蔡瀾的電影筆記
蔡瀾笑話
蔡瀾潮晒日本
蔡瀾潮晒台灣
蔡瀾潮晒韓國

人生必去的餐廳
人生必住的酒店
蔡瀾精選原創140字微小說140篇
一妙也
二妙也
三妙也
四妙也
五妙也
六妙也
七妙也
八妙也
九妙也
十妙也
蔡瀾@微博妙答
蔡瀾@微博妙答（2）
蔡瀾@微博妙答（3）
吃喝玩樂——吃
暢敘幽情

獨坐幽篁
花徑不掃
醉弄扁舟
蔡瀾的生財之道
跟住蔡瀾玩+食+買
蔡瀾私塾
蔡瀾美食Guide——尖沙嘴、中上環、灣仔、銅鑼灣及天后篇
蔡瀾家族
蔡瀾家族（貳）
只恐夜深花睡去
雙鬢斑斑不悔今生狂妄
欲上青天攬明月
還我青春火樣紅
仰天大笑出門去
每逢暮雨倍思卿
與爾同銷萬古愁

明朝散髮弄扁舟
在邵逸夫身邊的那些年
Tales of a Hong Kong Dandy
蔡瀾選集（1）：《生活智慧》
蔡瀾選集（2）：《男歡女愛》
蔡瀾選集（3）：《師友奇人》
蔡瀾選集（4）：《天下美食》
蔡瀾選集（5）：《食材攻略》
蔡瀾選集（6）：《影視世界》
蔡瀾選集（7）：《老又如何》
蔡瀾選集（8）：《夫子自道》
蔡瀾選集（9）：《鬼話連篇》
蔡瀾選集（10）：《真係笑話》
蔡瀾選集（11）：《中華覓食》
蔡瀾選集（12）：《品味日韓》
蔡瀾選集（13）：《環球之旅》
蔡瀾選集（14）：《南洋遊踪》